七日永恒

［法］马克·李维（Marc Levy）——著

俞佳乐——译

Sept jours pour une éternité

湖南文艺出版社
HUNAN LITERATURE AND ART PUBLISHING HOUSE

博集天卷
CS-BOOKY

Laffont/Susanna Lea Associates

致玛尼娜
致路易

他有魔鬼的魅惑，她有天使的力量……

为了结束无休无止的争执，上帝和撒旦之间展开了
最后一场决斗，他们派出了最优秀的使者：佐菲娅
和吕卡将在七日期限内为各自的阵营而战，从而决
定是善还是恶的化身将永远统治人类……

在酝酿这场疯狂的赌博时，上帝和撒旦处心积虑地
预见了一切，却万万没有料到天使和魔鬼相爱了……

所谓偶然，
不过是上帝不欲为人知的形状。
——让·科克托

目 录

CONTENTS

第 一 日

两人长久地对望着，一言不发。

吕卡想要说些什么，可他嗓子发紧，发不出一丝声音。

在沉默中，他凝视着面前这个女孩子的脸庞，

那面容如此陌生，却带给了他无比的悸动。

吕卡懒洋洋地躺在床上，瞥了一眼那发疯似的闪个不停的传呼机。他合上书本，心满意足地把它放在身边。在过去四十八小时以内，他已经将这本小说反反复复读了三遍，记忆中从不曾有一个故事能让他如此兴味盎然。

　　吕卡的指尖轻抚过书的封面，那个叫希尔顿的人正渐渐成为他最崇拜的作家。他又一次拿起了书，某位粗心的房客竟然将如此有趣的小说遗忘在了床头柜抽屉里，吕卡为自己捡了个大便宜而感到万分幸运。他信心十足地将书一掷，书本不偏不倚地落入了房间另一头敞开着的行李箱内。他看了看闹钟，伸了个懒腰，离开了舒适的床铺。"行了，起来走走吧！"吕卡愉悦地对自己说。他站在穿衣镜前，拉紧领带结，整了整黑色西服，从电视机边的小圆桌上拿起墨镜插进西服上方的口袋里，将兀自振动个不停的传呼机别在腰间，抬腿踹上了衣橱门，朝着窗户的方向走去。浅灰色的窗帘纹丝不动，他拉开窗帘，俯瞰旅店的庭院。天空中没有一丝微风，污浊的空气笼罩着整个曼哈顿南部，长驱直入到翠贝卡 ① 的边缘地带。这又将是酷热难当的一天，吕卡喜欢那似火的骄阳，又有谁比他更清楚强光的危害呢？烈日无情地汰弱留强，晒蔫了干旱土地上所有的幼苗，也阻止了一切细菌的繁殖，它难道不比庞然大物般的割草机更难以对付吗？"阳光依然在！"他一边哼唱一边拎起电话通知旅店前台准备好账单，因为他将提前离开纽约，随后心情坦然地走出了客房。

在走廊尽头，吕卡轻而易举地解除了安全通道的报警装置。他走到庭院中，从行李箱里取出那本书，如释重负地将箱子塞进了体积庞大的垃圾桶，随后便迈着轻快的步伐拐进了苏豪街区 ②。

吕卡信步走在零散地铺嵌着鹅卵石的街道上，突然他停下脚步，贪婪地窥视着一个锻铁铸成的小阳台。只要有两颗铆钉生了锈，那个阳台就逃脱不了坍塌的命运。住在四楼的房客是个年轻的模特，有着雕像般曲线优美的胸脯、平坦健美的小腹和柔软诱人的嘴唇。此刻，她正躺在阳台的长椅上，享受着这惬意的休闲时刻，对潜在的危险毫无察觉。几分钟以后（如果吕卡的预感正确的话，他的确从来都没有错过），铆钉就要脱落，而这个迷人的小姐就会从天而降，摔得粉身碎骨。鲜血将从她耳中涌出，沿着鹅卵石的缝隙流淌，令她那一脸恐

---

① 曼哈顿南部地区名。——原注
② 苏豪（SoHo）街区：由休斯敦街、百老汇街、坚尼街和第六大道所围成的街区，其名称来自休斯敦街之南（South of Houston Street）。——译注

慌的表情显得越发骇人。女模特漂亮的小脸蛋将保持着这副惨状，直到她的家人挥洒着于事无补的眼泪，把她塞进杉木棺材里，压在一块大理石板底下，任由她的躯体在那里腐烂分解。小事一桩，至多不过是给地方报纸增添了一条不超过四行字的蹩脚新闻，并让那幢寓所的管理人吃上个官司。市政府的某位技术负责人会因此丢掉饭碗（总该有个替罪羊），而他的上级则会对这件事来个盖棺论定，做出结论说如果当时有更多的行人路过，阳台事故有可能会酿成惨剧，就好像这世间真的有上帝在眷顾苍生。对吕卡来说，上帝的存在的确是个棘手的问题。

这一天若能如此开场，可谓完美无缺。然而，在那套奢华的公寓里，电话铃声突然响了起来，粗心大意的女模特回想起自己将手机忘在了浴室里，于是她匆匆离开了阳台去接电话。"说得没错，模特的笨脑袋什么都记不住，就像老式苹果机的内存一样让人丧气。"吕卡倍感失望，气愤地将牙齿咬得咯咯作响。

就在这时，一辆垃圾车冲着吕卡呼啸而来，将整条街道震得簌簌发颤。随着一声摧枯拉朽的响动，锻铁阳台脱离了墙面，急速地滚落下来。楼下房间的窗户被阳台扶手击得粉碎，一大堆锈迹斑斑、被破伤风杆菌侵蚀得凹凸不平的铁柱狠狠砸向了地面。吕卡眼前一亮，有根尖锐的铁条正以令人目眩的速度飞落下来。如果他的计算正确的话（他也从来都没有出过错），一切都还来得及。他漫不经心地走上了行车道，飞速前行的垃圾车不得不减慢了速度。锋利的铁条不偏不倚地穿透车顶，戳进了驾驶员的胸膛。车身急遽侧滑，那两个站在车后拖斗上的清洁工还来不及惊呼，一个就被车铲紧紧叼住，咬得粉碎，另一个则被车轴刺穿了腿，向前方猛抛出去，一动不动地躺在了碎石路面上。

垃圾车横冲直撞，撞飞了一盏路灯，裸露在外的电线心怀叵测，蹦跳着落入了污水沟中，溅出一束火光。电线短路影响了整片住宅区的供电，该路段的交通灯就像吕卡身上的西服一般漆黑，仿佛是为这场事故默哀，远处陷入混乱状态的十字路口不断传来车辆撞击的声音。在克劳斯拜和斯普林街的交会处，疯狂的垃圾车势不可当，拦腰撞上一辆黄色出租车，小车便牢牢地嵌入了现代艺术博物馆的小卖铺。"到他们的橱窗里再挤一挤吧！"吕卡自言自语道。垃圾车的前车轮碾过了一辆停在路边的轿车，被压得四分五裂的后视镜无助地望着天空，巨大的车身接连撞倒了几间房屋，笨重的车铲扭曲成一团侧翻过来。车后拖着的那几吨令人作呕的垃圾倾泻而出，街道上一片狼藉。一连串惨祸的声响过后是死一般的寂静，太阳继续平静地攀升，用不了多久，它的热力就会让整个地区笼罩在一股恶臭之中。

吕卡提了提衬衣领，他可不喜欢让衬衫的下摆从西服中露出来。他扫视了一番周围灾难性的场面，抬起手腕看看表，时间不到九点，这一天的开场还算不错。

出租车司机低垂着的脑袋压在了方向盘上，尖叫个不停的车喇叭回应着从纽约港传来的汽笛声，在这个风和日丽的秋末周日，那里一定景色宜人。吕卡往港口方向走去，一架直升机会把他送往拉卡迪亚机场 ①，他的航班在六十六分钟后起飞。

❧

旧金山港口八十号码头上空旷无人，佐菲娅缓缓挂上话机，走出了电话亭。在强烈的阳光照射下，她眯起了双眼，眺望着对面的堤岸。在那儿，码头工人们正如一群勤劳的蜜蜂般围着体积庞大的集装箱劳作。高高在上的吊车工小心翼翼地操纵着起重机挥舞长臂，往一艘将要驶往中国的巨轮上装卸货物。佐菲娅叹了一口气，尽管用心良苦，她也无法单独行事，她拥有那么多天赋的本领，却还是分身乏术。

薄雾笼罩着金门大桥 ②，厚重的乌云已湮没了海港，只有桥墩还依稀可见。再过一会儿，昏暗的天色将迫使人们中断港口的一切运作。身为安检员的佐菲娅必须在短时间内说服码头工人们停止劳动，她多么希望自己偶尔也能大发雷霆，码头工人的生命安危总该比急匆匆地抢装几个集装箱要重要得多！然而，要改变人们根深蒂固的观念可不是一件容易的事，否则她这个安检员也就没有必要出现了。

佐菲娅喜欢码头，在这儿她不可能无所事事。在废弃的仓库里，世界上所有悲哀的景象都一一上演，无家可归的人们把这儿

---

① 位于纽约东部的机场。——译注
② 连接金门海峡的悬索桥，1933 年 1 月始建，1937 年 5 月首次通车。——译注

当作藏身之地，勉强地躲过了深秋的冷雨和冬季来临时从太平洋上刮来的寒风。无论是哪个季节，警察们都不愿意在这个令人不安的地方出现。

"芒卡，快让他们停下来！"佐菲娅朝着一个有着宽厚肩膀的工头喊道。那个男人假装没有听见她的话，继续将一本厚重的记录本顶住腹部，往上面誊写着缓缓上升的集装箱的号码。

"芒卡，别逼我去法院告您！拿起对讲机，现在就下命令停止工作！"佐菲娅又一次喊道，"现在的能见度还不到八米，您明明知道，能见度在十米以下就该发出停工的号令了。"

芒卡在记录本上签好名，将本子递给在一旁协助他的年轻的理货员，挥挥手示意佐菲娅走开："别站在那儿，您就在集装箱的下面，绳子要是断了，那东西可不长眼睛！"

"是的，可它并不会掉下来。芒卡，您听见我的话了吗？"佐菲娅坚决地说道。

"据我所知，我的眼睛里可没长着激光测距器。"男人一边咕哝，一边抬手挠挠耳朵。

"可是您的感觉比任何仪表都要精确！别急着装货，赶紧关闭港口，否则就太晚了！"佐菲娅回答说。

"您来这儿工作了四个月，我们的装货量从来都没有跌得那么厉害。到了周末，难道是您给钱让工人们回去养家糊口吗？"

就在这时，一辆牵引车向着卸货区驶来，司机看不清路，车子险些撞上另一辆拖车。"快离开这儿,我的小姑娘,瞧您有多碍事!"芒卡喊道。

"不是我碍事,而是起雾的缘故。您可以采用其他方式付给工人工钱,我相信,对于他们的孩子来说,今天晚上能看到自己的父亲可要比去工会领一份抚恤金幸福得多。赶快行动吧,芒卡!再拖延两分钟,我就去法院告您,到时候我会亲自向法官说明情况。"

工头上上下下打量了一番佐菲娅,往海水里狠狠地吐了一口痰。

"我们甚至都看不见您的脏东西落到水里的情形。"佐菲娅不依不饶。

芒卡无可奈何地耸耸肩,拿起他的对讲机,宣布全体停工。几分钟以后,随着四声此起彼伏的号角声,在码头和货轮上忙得热火朝天的起重机、升降机、牵引车、搬运车、前叉车都停了下来。港口恢复了寂静,只听见海轮的汽笛声从远方传来。

"停工的日子越来越多,这个港口迟早都会关门!"芒卡埋怨道。

"天气的好坏可不是我能决定的,芒卡。我只是在阻止您的工人们冒生命危险,别再板着个脸,我根本不想惹您生气。咖啡和煎蛋,我请客,来吧!"

"您那双天使般的眼睛也打动不了我,我可跟您说明白了,只要能见度达到十米,我就立刻宣布复工!"

"只要您能看清楚船舷上的轮船名字就行,好了,来吧!"

整个海港最棒的餐馆"渔夫之家"此刻已是门庭若市。愁云惨雾的日子里，所有码头工人都聚集在这儿，共同期盼着天色放晴，可以重新开始一天的劳作。老工人们围坐在店堂深处的餐桌边，年轻人则站在吧台前向窗外遥望，咬着手指猜想着浮现在远处的究竟是货轮的船头还是起重机的吊臂，能将两者分辨出来是天气好转的最初迹象。工人们似乎都在兴致勃勃地闲聊着，其实每个人暗地里都在无奈地向老天祈祷。能干敬业的码头工人从来都不会抱怨铁锈和海盐日复一日地腐蚀了他们的关节，对于这些双手长满了厚厚的老茧的男人来说，仅仅拿着工会保证的那几美元回家才是让他们感到心虚害怕的事情。

酒吧间里充盈着各种刺耳的声音：杯盘碗碟相互撞击，咖啡壶气喘吁吁，人们痛快地咀嚼着冰块。六个工人挤成一排，坐在红色仿皮长凳上，吵闹声中依稀能听见他们零星的谈话。

名叫玛蒂尔德的女招待留着奥黛丽·赫本的发型，花格子布的收腰衬衫勾勒出了她苗条的身材。玛蒂尔德麻利地将顾客的点菜单插进围裙，在大堂、厨房、酒吧间、洗涤间和结账台之间来回穿梭。她高举着沉重的托盘，奇迹般地让一杯杯饮料保持平衡。浓雾笼罩码头的日子里，玛蒂尔德总是忙碌个不停，和餐馆无人惠顾的寂寞相比，她更喜欢这份热闹喧嚣。在她爽朗的笑声中，在她妩媚的眼神里，在她狡黠地脱身而去时，争着和她打情骂俏的码头工人似乎重新打起了精神。

餐馆的门被推开了，玛蒂尔德转过头，脸上立刻绽放出了微笑，走进来的是她的熟人："佐菲娅，五号桌！我就差没跳上那张桌子，才能给你留出一个位子。过会儿就给你们把咖啡端来。"

佐菲娅陪着芒卡在五号桌边坐下来，而工头却还在怨天尤人："五年来我一直让他们装上探照灯，这最起码能让我们在一年里多干上二十多天。再说这些规定也够愚蠢的，我的伙计就是在能见度五米时也能干活，他们可都是些老手。"

"别忘了在你的工人中，学徒可是占了百分之三十七，芒卡！"

"学徒就是来学习的，我们的职业代代相传，谁也不会拿别人的性命开玩笑。不管在什么年代，要成为码头工人可都不是件容易的事！"

突然，芒卡的脸色由阴转晴，因为玛蒂尔德已经用她灵巧敏捷的动作将他们的食物端上了桌："火腿煎鸡蛋是给您的，芒卡。佐菲娅，你吗，我猜你还是像往常一样不想吃东西。不过，我还是给你准备了一杯加了脱脂奶的咖啡，也许你连这个也不会碰。面包、番茄酱，行了，全齐了！"

芒卡向她道了谢，迫不及待地大吃起来。玛蒂尔德小心翼翼地询问佐菲娅今晚是否有空，佐菲娅答应下班后来接她。女招待这下放心了，转身消失在人声鼎沸的餐馆中。店堂深处，一位神情严肃的男人起身朝着出口走去，经过五号桌时，他停下来向工头打招呼。

芒卡擦擦嘴，站起来迎接他："你怎么也到这儿来了？"

"和你一样，来品尝品尝全市最好的煎蛋！"

"你认识我们的安检官佐菲娅中尉吗？"

"我们还是第一次见面。"佐菲娅立刻站起身来，打断了芒卡的问话。

"那么，我向您介绍我的老朋友，旧金山警局的乔治·皮勒葛探员。"

佐菲娅大方地向警探伸出了手，乔治惊讶地看着她。这时，佐菲娅腰间的传呼机突然响了起来。

"我想是有人找您了！"皮勒葛说道。

佐菲娅低头看看腰间的小东西，传呼机的信号灯不停闪烁，显示着数字七。皮勒葛微笑着打量着她："都用到第七级了，您的工作肯定非常重要，我们这些当警察的，用到四级也就够了。"

"这个号码我也是第一次看到。"佐菲娅显得有些困惑，"对不起，我得先走了。"

她和两位男人道了别，向无暇顾及她的玛蒂尔德挥挥手，便钻进了拥挤的人群，左右穿梭着向大门走去。

皮勒葛在她的位子坐下来，芒卡高声喊道："别开得太快了，能见度不到十米，任何车辆都不许在码头上行驶！"

佐菲娅并没有听到工头的话，她竖起衣领，围住颈部，朝着汽车奔去，迅速拉上车门，启动发动机，拉响了警报器，那辆福特车便沿着码头飞驰而去。雾越来越浓，昏暗和凄迷似乎并不能困扰佐菲娅，在令人恐惧的天色中，她驾着车灵敏地避开了起重机的长腿，在集装箱和各种机车间曲折前行，没用几分钟就到达了商港的入口检查处。尽管此时进入港口的通道已是畅行无阻了，佐菲娅还是减慢了车速。

八十号码头的警卫从他的哨岗里走了出来，在这个伸手不见五指的雾天里，他什么都看不清。车驶上了位于港区边上的第三大道，穿越了整条唐人街，向市中心方向转去。佐菲娅镇定自若地在空无人迹的街道上行驶，传呼机却又闹腾了起来，她忍不住大声抗议道："我已经尽力了！我没长翅膀，也不能超速！"

话音未落，一道耀眼的闪电撕裂了浓雾茫茫的天空，随即传来振聋发聩的雷声，所有建筑物的玻璃门窗似乎都为之颤抖。佐菲娅圆睁双眼，更加用力地踩了踩油门，车速表轻轻松松地攀升。在穿越马克特大街时，她不得不减慢了车速，才能辨别出交通灯的信号。小车拐上了科尼大街，从那儿到她的目的地还有八个街区。如果严格遵守交通规则的话，应该还有九个街区，一向尊重规则的佐菲娅当然还是不会越雷池半步。

滂沱大雨打破了黑暗街道的寂静，豆大的雨点落在风挡玻璃上，发出沉闷的声响，任凭雨刮器怎么费劲地摇摆，也抹不去致密的雨帘。厚重的乌云笼罩着整个城市，只有远处宏伟的跨美大厦露出了它金字塔般的尖顶。

◦∽◦

吕卡懒洋洋地蜷缩在头等舱的座位里，欣赏着舷窗外梦幻般的非凡景色。波音767飞机在旧金山港湾上空盘旋，无奈地等待着允许降落的信号。吕卡的手指烦躁地敲击着别在腰间的传呼机，传呼机闪烁个不停，显示着数字七。空姐走过来，要求他关掉传呼机并把座椅背摇起来，飞机已经接近目的地。"那好吧，别只是接近目的地，小姐！快把这架该死的飞机停下来，我赶时间！"吕卡喊道。

扩音器里传来了机长的声音，地面的气候条件相当糟糕，但是燃料有限，飞机不得不迫降，他让乘务组员都坐下来，并请乘务长去驾驶舱。机长挂上了对讲机，头等舱空姐的脸上居然还保持着查理·布朗①式的微笑，这简直能为她赢得一座奥斯卡金像奖。在这种情况下，世界上任何一个女演员都不可能像她那样强作欢颜。邻座的老妇人攥住了吕卡的手腕，掌心冒汗，全身颤抖，那惊慌失措的样子让吕卡觉得十分可笑。飞机一阵强过一阵地颠簸，金属的机身似乎也和乘客的血肉之躯一样饱受煎熬。透过舷窗，人们可以看见机翼的震动已经到达了波音公司的设计极限。

"为什么乘务长被叫走了？"老妇人问吕卡，她紧张得快要哭起来。

"去给机长的咖啡加点糖。"吕卡倒是神色轻松，"您害怕了吗？"

"不只是害怕，我想我该为我们的命运祈祷了。"

"啊哈！赶紧停止祷告吧！您真幸运，紧张一下有益健康，肾上腺素可以促进血液循环，锻炼心脏，排除毒素，您又会多活上两年。那二十四个月里，人们还能看见您精神抖擞的样子，瞧瞧您都得到了

_____

① 美国漫画《花生漫画》中一个心地善良而且善解人意的人物。——译注

些什么！不过，看您的脸色，您似乎并不觉得这很有意思。"

老妇人已经嗓子发紧说不出话来，只是用手背抹去了额头上的汗珠。她的心脏似乎快要跳出胸腔，呼吸困难，眼冒金星。吕卡被逗乐了，友善地拍拍她的膝盖："如果紧紧闭上眼睛，集中精神，您都可以看见大熊星座了。"

吕卡哈哈大笑起来，他的邻座却缓缓倒向扶手，昏了过去。在剧烈的颠簸中，空姐勉强站起身，费劲地扶住行李架，摇摇晃晃地走到老妇人跟前。她从围裙口袋里掏出一小瓶嗅盐，打开瓶塞，在这位失去知觉的乘客鼻尖底下来回晃动。吕卡兴致勃勃地看着空姐，忍俊不禁地说道："老太太不舒服可是有原因的，您的机长应该对此负责，我们简直就像在穿越俄罗斯的山区。告诉我，我发誓会保守秘密，您对老人的救治是不是会让她更难受啊？"

吕卡忍不住又大笑起来，空姐愤怒地打量着他，告诉他这没什么可笑的。突然，一股强大的气流使得空姐跟跟跄跄地向驾驶舱方向倒退了几步。吕卡朝她微笑了一下，抬手给了他的邻座一记耳光。老人惊醒过来，睁开了眼睛。

"她总算是醒过来了！您打了个盹，我们又飞过了好几公里。"吕卡附在老人耳边低声说道，"别害羞，看看我们周围的人，他们正在祈祷，这场面真滑稽！"

老太太还来不及回答，飞机已经在轰鸣的马达声中触及地面。倾盆大雨狠狠地敲击着机身，机长果断地推下操纵杆，飞机终于平稳地降落了。机舱里的乘客或是感激涕零地对机长鼓掌致谢，或是双手紧握，感谢上帝的救命之恩。吕卡却懊丧地向天长叹，松开安全带，看了看表，向机舱出口的方向走去。

❧

雨越下越大，福特车停在了跨美大厦一侧的人行道边。佐菲娅拉下遮阳板，露出了一张 CIA 通行证，冒着大雨下了车，伸手从口袋里拿出唯一一枚硬币投进了停车收费机。她走过大厦前的广场，穿过了通向那座巨大金字塔形建筑主厅的三道旋转门。传呼机又一次振动起来，佐菲娅抬眼望着天空："我很抱歉，可潮湿的大理石地面太滑了，这谁都知道，除了那些建筑师！"这座大厦最高一层的人们经常开玩笑说，建筑师和上帝的区别就在于上帝从不把自己当作建筑师。

佐菲娅沿着大厅的墙面前行，仔细辨认出了一块颜色稍浅的大理石板。她将手掌贴在石板上，壁板随即开启，露出一道暗门。佐菲娅走了进去，墙面立刻恢复了原样。

❧

吕卡从出租车上下来，迈着坚定的步伐走向佐菲娅几分钟前经过的广场。在大厦的另一侧，他像佐菲娅一样，将手掌贴向一块颜色较深的石板，通过暗门进入了跨美大厦的西楼。

❧

昏暗狭长的通道并没有让佐菲娅感觉到一丝不适应，转过七道弯之后，她进入了一个由白色花岗石砌成的大厅。厅中设有三部电梯，天花板的高度令人眩晕，钢丝绳吊着九个不同大小的巨型球体，从遥不可及的房顶悬挂下来，散发出乳白色的光辉。

每次来到总部，都会有一些出乎佐菲娅意料的情况发生。今天这个地方的气氛更是不同寻常，她向在前台后站起身来的门卫打招呼："日安，皮埃尔！您还好吗？"

这个长年守卫总部的男人让佐菲娅感到无比亲切，她记得自己每次幸运地走进那些大门时，他都会陪伴在侧。难道不正是因为有了他的身影，这个人员出入频繁的总部才能保持着一份安宁祥和吗？即使在那些门庭若市的日子里，当数百人争相进入那些大门时，这位被昵称为圣皮埃尔的门卫也绝对不允许混乱拥挤的情况出现，正是因为他的踏实稳重，CIA 总部才能像现在这般安静有序。

"近来工作很忙吧，"皮埃尔说道，"他们已经在等您了。如果您想先换一身衣服，我应该能找到您的衣柜钥匙，给我几秒钟时间……"他一边在前台抽屉里翻寻，一边嘟哝着，"有那么多把钥匙，我把您的放在哪里了呢？"

"没时间了，圣人！"佐菲娅急匆匆地向电梯走去，玻璃门敞开了，正要迈进左边的电梯，皮埃尔及时喊住了她，用手指了指中间那部直接通往顶层的电梯。

"您确定吗？"佐菲娅诧异地问道。

皮埃尔点点头，那部电梯的门向佐菲娅敞开了，清脆的铃声在花岗石墙面上回响。在几秒钟内，她都惊呆了。

"赶快去吧，祝您好运。"皮埃尔对她说道，脸上浮现出亲切的微笑。

佐菲娅走了进去，门合上了，电梯向着 CIA 顶层驶去。

◦≈≫◦

在大厦另一侧，老式升降机的指示灯吱吱作响地闪烁了几秒钟，吕卡整整领带，抚平了西服的翻领，升降机的铁门便打开了。

一个身穿着和吕卡同样西服的男人迎上前来，他什么都没说，面无表情地向吕卡指了指等候室的座位，便回到他的办公桌后坐了下来。男人脚边拴着的那条恶模恶样的看门犬睁开了一只眼睛，舔舔嘴唇，又闭上眼继续打盹，嘴角流出的一连串唾液滴落在了黑色割绒地毯上。

接待小姐将佐菲娅领到宽大舒适的沙发前，建议她在茶几上的杂志中挑选一本翻翻。在回到自己的工作台之前，接待员向佐菲娅保证说用不了多久就会有人来找她。

与此同时，吕卡合上了一本杂志，看看表，已经快到正午了。他摘下手表，将它反扣在手腕上，以便提醒自己在离开时重新校对时间。有几次，在这间"办公室"里，手表会停下来，吕卡可绝对不允许自己不守时间。

佐菲娅一眼就认出了走廊尽头的米歇尔，脸上立刻绽放出阳光般的微笑。米歇尔有一头稍显凌乱的银发，浓密的络腮胡子使他的脸显得更为瘦长，说话时带有魅力十足的苏格兰口音（有人说他这是在模仿肖恩·康纳利①，他的任何一部电影米歇尔都不会错过），这一切赋予他一种经得起时光考验的高雅风度。佐菲娅喜欢教父以他特有的方式

---

① 英国著名演员，第一任007詹姆斯·邦德的扮演者。——译注

将 S 音发得嘘嘘作响，更是迷恋他微笑时下巴上泛出的小坑。自从来到总部以后，米歇尔就成了她的良师益友和永远的楷模。随着佐菲娅职位的不断提升，米歇尔陪伴着她每一个成长的步伐，他的呵护使得爱徒的档案上没有任何可以让人挑剔的记录。凭着耐心的教诲和殷切的关怀，米歇尔激发了佐菲娅的强大潜能，他少有人能及的宽宏大度、机智果敢和真诚灵敏弥补了佐菲娅有时令同事们吃惊的言论，至于她不修边幅的穿着，这儿的人们也早就知道了不该以貌取人。

米歇尔坚定不移地支持着佐菲娅，自从她被录用的那一刻起，他就在这个女孩身上发现了许多优秀的品质，但他一直努力不让佐菲娅觉察到这点。没人敢对米歇尔的预见表示怀疑，他与生俱来的权威、智慧和忠诚大家有目共睹。许久以来，米歇尔就是总部的第二号人物，也是"老板"的得力助手，后者被这儿的每一个人尊称为"先生"。

米歇尔胳膊下夹着一个文件袋，走到佐菲娅面前。她站起身来拥抱他："见到您真好！是您给我发传呼的吗？"

"是的，也不完全是，在这儿先等一下，我会来找你的。"米歇尔说道。他的神情紧张，和往常大不一样。

"发生了什么事？"

"现在还不能说，我以后会解释给你听。在此之前，如果你能把那个糖果从嘴里拿出来，我将非常高兴……"

米歇尔还没来得及说完，女接待员就告诉他"先生"正等着见他。米歇尔急匆匆地向走廊奔去，却没有忘记回过头来用眼神示意佐菲娅保持镇定。透过隔墙，他已经能够听到从那间巨大的办公室里传来的只言片语。对话似乎并不融洽："噢！不！不能在巴黎，那儿的人总是没完没了地罢工……这对你来说太容易了，几乎天天有示威游行……别再坚持了……那么久了，我也没看见他们有一天能停止这些蠢事，让我们轻松轻松！"

"先生"短时间的沉默让米歇尔鼓足勇气敲了敲门，但他立刻停止了动作，"先生"似乎更加生气了："亚洲和非洲也不行！"

米歇尔蜷起了食指，然而他的手在距离门框几厘米的地方又停了下来，"先生"的声音在整个通道上回响："得克萨斯州，想都别想！为什么不选亚拉巴马州，那儿不正是你的地盘吗？！"

米歇尔又试着敲了敲门，还是没有回应，但那个声音听上去平静了一些："你觉得这儿怎么样？这个主意还不赖……我们一直在争夺这块领地，至少可以避免徒劳无功的奔走！说定了，就选旧金山吧！"

屋内的寂静说明时机已到，佐菲娅对米歇尔露出了胆怯的微笑。米歇尔走进"先生"的办公室，合上了门，佐菲娅转身对女接待员说："米歇尔有些紧张，不是吗？"

"是的，从西半球日出的时候就开始了。"接待小姐含糊其词地回答说。

"这是为什么呢？"佐菲娅有些不解。

"我了解这儿的许多事，但'先生'的秘密不是我能打听的……

再说，您也知道这儿的规矩，要保住职位就得守口如瓶。"接待小姐尽了最大的努力，才让自己保持了一分钟的沉默，她紧接着说道，"我只对您说说，千万要保守秘密。我敢保证米歇尔不是唯一一个感到紧张的人，按照西半球的时间，拉法埃尔和加布里埃尔工作了整整一夜，米歇尔在东半球黄昏时分和他们碰的头，一定发生了非常严重的事情。"

总部的时间概念总让佐菲娅忍俊不禁，然而当地球被划分为那么多个时区，这儿的人们又怎么可能用小时来计时呢？她的教父曾经强调说总部的事务涉及全世界，工作人员也操着各种各样的语言，因此采取某些特殊的说法和做法很有必要。以前，这儿的工作人员都以各自的编号相称，如今这种方法已经被废除了，因为"先生"心血来潮地给他的几个老部下起了名字，这个传统就一直保持了下来。从此以后，CIA 的每个职员都拥有了自己的名字。这些看似非常简单的规则，却出人意料地使这个被称为"天使情报局"[①] 的上帝所在之处上下团结、协调运作。

"先生"背着手在房间里来回踱步，他神情凝重，时不时地停下脚步来朝窗外眺望。天空中厚密的云层将地面的任何一个小角落都遮盖得严严实实，只有围绕着港湾的那片大海蔚蓝深邃，无边无际。"先生"愤怒地瞥了一眼那张横跨整个房间的会议桌，硕大的桌面一

---

① 原文为 CENTRALE DE L'INTELLIGENCE DES ANGES，与中央情报局（Central Intelligence Agency）的首字母缩写相同。——译注

直延伸到与隔壁办公室相邻的墙壁。他猛地转向会议桌，一把推开了堆得高高的一沓档案，所有的动作都显示出"先生"正努力控制着他焦急烦躁的情绪："陈旧不堪！这些档案都积满了灰尘！你知道我是怎么想的吗？这些候选人都平凡无奇，我们又怎么能赢呢？"

一直站在门边上的米歇尔向前迈进了几步："这都是您的议会挑出来的人选……"

"就让我们来说说我的议会吧！一个极度缺乏创意的组织，只会老调重弹、墨守成规。议员们都老了，他们年轻时确实为改善这个世界做过贡献，而今天他们却止步不前了！"

"他们始终都保持着很高的素养，先生。"

"对此我没有异议，可看看这次他们把我逼到了什么地步！""先生"的声音在上空回旋，震得墙面簌簌发抖。米歇尔最害怕他的雇主发怒，尽管"先生"勃然大怒的时候屈指可数，但是一旦他怒火中烧，结果往往是灾难性的，而他现在的情绪就像笼罩着这个城市的天气一般乌云密布。

"最近一段时间，议会想出的主意是否真的促进过人类的发展呢？""先生"接着说道，"他们的工作实在没什么值得夸耀的，难道不是吗？用不了多久，我们的影响就会变得比一只蝴蝶振动翅膀还要微弱……他和我都是如此。""先生"用手指指房间尽头的那面墙壁："如果我的精英议员们能够多具有一点现代意识，我们根本就不必接受这样一个荒谬的挑战！既然赌博已经开始了，我们必须找到一个新人，一个具有创新意识和创造性的优秀的人才！一场轰轰烈烈的战斗迫在眉睫，总部的命运在此一举，真是见鬼！"

"先生"话音未落，从隔壁的房间传来了三次敲击声，他恼火地瞪了一眼那道隔墙，在会议桌的一端坐了下来，用狡黠的目光看着米歇尔："好吧，让我来看看你胳膊底下夹着什么东西！"

"先生"忠心耿耿的助手惶恐不安地走上前去，将一个纸袋放在他面前。"先生"打开袋子取出档案，迅速地翻阅了前几页之后，眼中泛出了光彩。"先生"皱起眉头，越来越感兴趣地研究着这份档案，他取掉了最后一枚夹针，仔细地端详着几张照片：布拉格古旧公墓的小径上凝神沉思的金发小姐；沿着圣彼得堡运河岸边奋力奔跑的褐发姑娘；埃菲尔铁塔下专心仰望的红发女孩。拉巴特①阳光下精神的短发、罗马微风中飘逸的长发、马德里欧洲广场上的一头鬈发、丹吉尔②街头巷尾中泛着琥珀光泽的直发。无论何时何地，这个女孩都是那么美丽迷人。无论是正面还是侧影，她的脸上始终散发着天使般纯净的光辉。当看到佐菲娅唯一一张露出肩膀的照片时，"先生"好奇地停了下来，一个小细节引起了他的注意。

"只是一个小图纹，"米歇尔双手紧握，急忙说道，"一对小小的翅膀，女孩子的小把戏，一个文身而已，没什么大不了的……看上去还挺时髦，不过我们可以想办法去掉这东西！"

---

① 摩洛哥首都。——译注
② 摩洛哥城市名。——译注

"我看得很清楚，这是一对翅膀。""先生"咕哝道，"她在哪儿？我什么时候能见她？"

"她就在等候室……"

"让她进来吧！"

米歇尔离开了"先生"的办公室，去喊等候已久的佐菲娅。佐菲娅要去见"老板"了，情况特殊，她的教父也不禁胆怯起来。在路上，米歇尔向爱徒交代了一系列应该注意的事项：在整个会面过程中，她必须保持分寸，不能正视"先生"。她只需要倾听，除非"先生"提出了问题，而他自己也没有给出答案。米歇尔喘了一口气，继续说道："将你的头发扎起来，站直身子，还有一件事，如果你不得不开口，记得在每句话后面加上'先生'……"

突然，米歇尔停了下来，凝视着佐菲娅，露出了微笑："还是忘了我的话，做你自己吧！毕竟这是他所欣赏的，我了解你的个性，他也正是因为这点才选择了你！我真的累坏了，这已经不是我这个年纪能应付的事了！"

"为什么选我？"

"你会知道的，去吧！深呼吸一下，走进去，这是你重要的日子……快给我把你嘴里的口香糖吐掉！"

佐菲娅还是没有遵照教父的话做。

雕塑般的脸颊、完美的双手、宽阔的肩膀和低沉的声音使上帝的形象显得比佐菲娅想象中更为威严，她感到脊背掠过一阵寒意，偷偷地将口香糖藏到了舌尖下面。"先生"请佐菲娅坐了下来，既然她的教父（上帝也知道佐菲娅是这么称呼米歇尔的）认为她是总部出类拔萃的工作人员之一，他准备将总部自建立以来最重要的一项使命交付给她。

"米歇尔会发给您相关的资料和指令，以保证行动的完美进行，您对这个任务全权负责……您不能犯任何错误，而且只有七天的时间来争取胜利。"他注视着低头不语的佐菲娅说道，"努力发挥您的天赋和想象力，您不缺这些，我知道。千万要谨慎行事，您做事讲究效率，这我也知道。"

"先生"显得有些专横，但这可以理解，总部正面临着前所未有的威胁，甚至连他也说不清自己为什么会令人难以置信地接受这样一个挑战。鉴于这次行动至关重要，在紧急情况下，佐菲娅可以向米歇尔征求意见，如果找不到米歇尔，她就得直接向"先生"本人请示，而"先生"交代的事情绝对不可泄露。他拉开抽屉，将一份签有两个名字的手稿放在佐菲娅面前，这份协议对她所肩负的非凡使命做了具体的解释：有史以来，维持世界秩序的两种力量从来没有停止过冲突，鉴于两者迄今为止都无法按照自己的意愿来影响人类的命运，任何一方都有理由认为该方在完成改造世界的过程中受到了对方的阻碍……

"先生"的评论打断了佐菲娅的阅读："自从被苹果卡住喉咙的那个日子起，撒旦就反对我将地球托付给人类，他一直想要证明，我的创造物不配当此重任。"

他示意佐菲娅继续，她将目光重新投向了文稿：所有的政治、经济和气候分析表明地球的情况犹如人间地狱。

米歇尔向佐菲娅解释说议会已经对撒旦这个很不成熟的结论提出了反驳，他们抗议说地球现状的根源在于双方长期的争斗阻止了人类真实本性的发挥。

现在下结论还为时过早，唯一可以肯定的是这个世界确实让人担忧，佐菲娅接着读了下去：双方对人类的看法截然不同，经过了无数次争辩之后，我们一致认为，第三个千年应该标志着一个摆脱了双方争斗的全新时代的来临。从北半球到南半球，从西方到东方，必须有一种更为有效的行动方式来代替双方勉强共存的情况。

"再也不能这样继续下去了，""先生"挥舞着手臂激动地说道，"20世纪的确让人难以忍受，按照这样的趋势，我们会完全失去对地球的控制，他和我都一样。这无法饶恕，我们将因此声名丧尽。宇宙中并不只有一个地球，所有人都在看着我，神圣之地的人提出了许多疑问，然而他们能得到的答案越来越少了……"

米歇尔只能抬头望着天花板，以轻声咳嗽来掩饰他的尴尬。"先生"让佐菲娅继续念下去。为了在即将来临的千年里对地球统治权的归属做出合理的评判，双方将展开最后一场对决，具体规则如下：双方向人间派出最优秀的使者为各自的阵营而战，在七天时间里引导人性向善或者向恶，从而决出胜负，获胜方将拥有统治新世界的权力。

上帝和撒旦在这份协议上留下了亲笔签名，佐菲娅慢慢地抬起了头，为了了解这场决斗的起因，她想把手中的文件从头到尾再看一遍。佐菲娅重新拿起手稿，看到她眼中不经意间流露出来的惊讶，上帝似乎十分理解。"这是一场荒谬的赌博，简直有点莫名其妙，但决定的事已经无法悔改，把这份协议当作我遗嘱的一个段落吧，我也老了，这是我第一次感到焦急无奈，就让这七天时间尽快过去吧！"他望着窗外，继续说道，"别忘了七天有多么紧迫，时光总是有限的，这也是我第一次对它做出了让步。"

米歇尔对佐菲娅打打手势，示意她应该起身离开了。佐菲娅立刻照办，走到办公室门口时，她忍不住转过身来喊了一声："先生……"

米歇尔屏住了呼吸，上帝转过身来，佐菲娅微笑着说道："谢谢！"

上帝也对她报以微笑："七日铸就永恒……就看你的了。"在他的注视下，佐菲娅走出了办公室。

在走廊上，米歇尔还没来得及长嘘一口气，那个低沉的声音便又一次呼唤起他的名字。米歇尔离开了佐菲娅，转身回到了宽敞的办公室。"先生"皱着眉头问道："她粘在我桌子下面的那个橡胶团是草莓香味的，不是吗？"

"那是草莓味的，先生。"米歇尔回答道。

"最后一件事，在她完成使命之后，拜托你让她把肩膀上的小花纹去掉，省得这儿的每个人都学她，他们从来就不能抵御新潮的诱惑。"

"这是当然的，先生。"

"还有一个问题：你怎么知道我会选她？"

"因为我已经在您身边工作了两千多年，先生。"

米歇尔掩上了房门，屋里只剩下了"先生"一人，他在长桌一端坐了下来，盯着对面的那道隔墙，清清嗓门，用洪亮而清楚的声音宣布道："我们准备好了！"

"我们也是！"撒旦的回答充满了嘲讽的意味。

佐菲娅在一个小房间里等候着教父，米歇尔走了进来，靠近了窗边，头顶上的天空正逐渐放晴，几座小山丘从厚重的云层中显露了出来。

"抓紧行动吧，我们不能浪费时间了，我得为你做些准备。"

他们在一张小圆桌边坐了下来，佐菲娅对米歇尔吐露了她的不安："这样一个艰巨的使命，我应该从哪儿着手呢，教父？"

"起初你要以退为进，我的佐菲娅。让我们面对现实吧，恶势力已经无处不在而且难以察觉。你处在防守的位置，对手则会发起进攻。你首先要认清他会联合哪些力量来对付你，找到他准备采取行动的地方，也许得等他抢先动手，再想办法打乱他的计划。只有和对方势均力敌的时候，我们才能有所作为。你唯一的优势在于熟悉地形，他们选择了旧金山作为决战的地方……这纯属偶然。"

❧

吕卡坐在躺椅里，前后摇摆着身体，在"总统"专注的目光下，读完了同样一份协议。尽管窗帘紧闭，撒旦还是没有摘下那副厚厚的、将光线挡得严严实实的墨镜，他的亲信们都知道，哪怕最微弱的光亮也会刺激到他那双曾经被强光刺伤过的眼睛。

内阁成员们围坐在硕大的会议桌旁（桌子一直延伸到与隔壁办公室相邻的隔墙），被簇拥在中间的"总统"宣布会议结束了。一个名叫布莱斯的联络部部长催促着内阁成员们向唯一的出口络绎不绝地走去。"总统"依旧坐在他的位子上，做了一个手势将吕卡叫到身旁，示意他俯下身子，在他耳边轻语了几句。除了吕卡，谁也听不清"总统"说了些什么。吕卡离开了办公室，布莱斯随后跟上，和他一起向电梯间走去。

在路上，布莱斯递给吕卡一沓外币、几本护照和一串汽车钥匙，最后拿出一张白金信用卡，炫耀似的在吕卡鼻尖下摇晃："刷卡节制点，别太大手大脚了！"

吕卡恼怒地夺过那张长方形的塑料卡片，也不愿意伸手握住那只整个机构人员中长得最为肥厚的手掌。布莱斯似乎已经习惯了这种尴尬的场面，笨拙地在裤腿上擦了擦手上的汗，将双手插进了口袋。布莱斯爬到今天这个位子的特长之一是善于掩饰，他的晋升并不是凭借着出众的能力，而是因为强烈的权力欲让他学会了狡诈和虚伪。布莱斯对吕卡表示祝贺，说他已经使出了全部的力量（他的体重确实不可小视）来推荐吕卡。吕卡根本不相信他的话，在吕卡眼里，布莱斯只是一个无能的蠢货，他能当上联络部的小头头，不过是因为他懂得拉帮结派罢了。

吕卡保证说他会定期向布莱斯报告任务进展的情况，撒个谎敷衍一下对他来说易如反掌。在他被雇用的这个机构中，尔虞我诈是人们保证自己的权力不旁落他人的"撒手锏"，为了讨好"总统"，部长之间有时也相互欺骗。布莱斯不失时机地向吕卡打听"总统"在他耳边说了些什么，吕卡轻蔑地打量了几眼这位联络部部长，和布莱斯说了声再见，便离开了总部。

☙❧

佐菲娅吻了吻米歇尔的手，对教父保证说她不会让他失望，又问是否可以向他透露一个秘密，米歇尔点了点头。犹豫了片刻，佐菲娅告诉他说，她从来没有见过像"先生"那双那样的无与伦比的蔚蓝色眼睛。

"有时候它们会变换颜色，但要记住，你在那个房间里所看到的一切，对任何人都不能说起。"

佐菲娅允诺会保守秘密，随后向通道走去，米歇尔一直陪她走到电梯间，就在电梯门合上以前，他故作神秘地低声说道："他也觉得你非常迷人。"

佐菲娅双颊绯红，米歇尔假装没有察觉，又嘱咐她说："对于他们来说，这次挑战可能只是多搞了一次恶作剧；对于我们来说，这却是事关存亡的关键。我们把希望寄托在你身上了。"

几分钟以后，佐菲娅再一次穿过了总部的大厅。皮埃尔瞥了一眼监视屏，暗道中没有人，墙面上的移动门开启了，佐菲娅回到了大厦一边的街道上。

～～～

与此同时，吕卡从跨美大厦的另一侧走了出来，最后一道闪电划破了远方蜿蜒连绵的荻布戎丘陵上方的天空，吕卡招招手，一辆出租车在他面前停了下来，他低头钻进了黄色的小车。

在相反方向的人行道上，一位身穿制服的女交通警察正站在佐菲娅的汽车前准备开罚单，佐菲娅赶紧跑了过去："您好！这一天过得好吗？"

女警察慢慢地转过头，等到确定佐菲娅并不是在开玩笑时，她疑惑不解地问道："我们认识吗？"

"不，我想不认识。"

女警察更是摸不着头脑了，她一边咬着笔一边打量着佐菲娅，最后还是撕下那张罚单，贴在了汽车的风挡玻璃上，出于礼貌地回答道："您呢？您还好吗？"

佐菲娅拿起了罚单问道："您可以给我一块草莓味的口香糖吗？"

"我只有薄荷味的。"女警说。

佐菲娅委婉地拒绝了女警递过来的口香糖，打开了车门。

"您不是想求求情，让我取消罚单吗？"

"不，不必了。"

"您知道从今年开始，就算开着公车，驾驶员也得自己掏钱付罚款吗？"

"是的，"佐菲娅说道，"我在哪儿看到过这个规定，这是应该的。"

"上学的时候，您总是坐在第一排吗？"名叫琼斯的警察问道。

"说实话，我都不记得了……不过既然您问起了，我想我总是随便找个位子坐坐。"

"您确信您没事吧？"

"今晚的夕阳将无比绚丽，千万别错过了！您应该和家人在一起，从普里斯迪欧公园望去，那景色令人心醉神迷！我该走了，一个艰巨的工作正等着我去完成呢！"佐菲娅说着钻进了她的小车。

福特车向远方驶去，女警察感到一股清凉的微风掠过了后背，她将钢笔插进口袋，拿起手机，在她丈夫的语音信箱里留下了长长一段话。她问他能否晚半小时再去上班，她将尽早回家，两个人可以在黄昏时分一起去普里斯迪欧公园散步。一个 CIA 的雇员告诉她，那儿日落的景色会格外辉煌。女警察没有忘记对丈夫说她很爱他，自从他们因为工作时间的关系不能经常见面以来，她还没来得及对他说自己有多么想念他。几小时以后，当女警察忙碌着为临时决定的公园野餐而做准备时，她甚至都没有发现自己放进购物推车的那包口香糖已经不是薄荷味的了。

⁓⁓

　　交通堵塞将吕卡困在了金融区，他无聊地翻阅着一本旅游指南。不管布莱斯怎么想，吕卡身负的重要使命决定了他的开销自然要水涨船高。出租车司机将把他送到诺布山，在这个城市著名的梵尔蒙特宾馆住上一个豪华套间，对他来说再合适不过了。黄色小车拐上加利福尼亚大街，经过了格雷斯大教堂，最后到达了梵尔蒙特宾馆。雄伟壮丽的旅馆门前铺着镶有金丝的红色天鹅绒地毯，旅店侍者急着想要接过吕卡手中的小提箱，吕卡的一个眼神吓得他不敢轻举妄动。吕卡谢过为他推动转门的侍者，径直向前台走去。接待小姐找不到他的订房记录，吕卡假装气愤不已，提高了嗓门训斥那个年轻女孩工作马虎。大堂经理应声而出，根据他的经验判断，吕卡是一个脾气古怪但地位特殊的顾客，于是他卑躬屈膝地连连道歉，赶紧递上了一张房卡，满心指望他为吕卡特意安排的高级套房能让吕卡忘了刚才的不快。吕卡接过了房门钥匙，嘱咐经理在任何情况下都不能打扰他，然后假装往经理那和布莱斯一般潮湿的掌心里塞了些小费，便急匆匆地向电梯走去。发现手中空无一物的经理转过身来，怒气冲冲地瞪了一眼吕卡。电梯中的侍者看到了吕卡遏制不住的笑容，礼貌地问吕卡是否度过了十分愉快的一天，吕卡却在走出电梯时丢给他一句："这又关你什么事？"

❧❧❧

佐菲娅将汽车停在人行道边，迈步走上了位于太平洋高地的一幢维多利亚式小屋的台阶。开门时，她恰巧遇见了房东萨兰登小姐。

"你总算回来了，看见你真高兴。"房东说道。

"可我是今天早晨才出去的呀！"

"你肯定吗？我好像觉得昨天晚上你也不在家。噢！我知道我又开始多管闲事了，不过我还是不喜欢家里空荡荡的。"

"我回来得很晚，您已经睡了，最近工作忙了些。"

"你只顾着工作！像你这么年轻漂亮的女孩子，晚上应该和男朋友约会才对！"

"我该上楼去换衣服了，不过我答应您，走的时候我还会去看您的，汉娜。"

汉娜·萨兰登的美貌从来没有随着时间而消逝，她柔和低沉的嗓音分外迷人，顾盼生辉的眼眸证明她的一生充满美好的回忆。汉娜曾是最早几位环游世界的女记者之一，她那间椭圆形的客厅墙面上挂满了发黄的照片，记录着无数次见闻广博的旅行。当她的同事们努力寻找着不同寻常的景象时，汉娜却拍下了那些普普通通的场面，因为在她眼里，平凡才是最美。

当汉娜的腿疾让她无法再次远行时，她就在位于太平洋高地的老家隐居了下来。汉娜在这儿呱呱坠地，1936年2月2日，二十岁生日那天，她坐上了开往欧洲的轮船。许多年过去了，在经历了平生唯一一段幸福甜蜜却很短暂的恋爱之后，她又回到了故乡。

从那时起，汉娜便孤零零地守着这座小屋，直到有一天，她在《旧金山日报》刊登了一条出租房间的广告。广告刚见报那天，佐菲娅就来到了汉娜门前，笑盈盈地对她说道："我是您的新房客。"汉娜被佐菲娅不容置疑的口吻说服了，当天晚上，佐菲娅就搬进了她的家，并在此后的几个星期里改变了汉娜的生活。

时至今日，汉娜由衷感到当初放弃寂寞的独居生活的确不失为一个明智的选择。佐菲娅非常喜欢和女房东一起度过晚间时光，如果她回来得不是很晚，她会看到门厅内的灯光从玻璃窗里透出来，萨兰登小姐就是以这种方式向她发出了邀请。佐菲娅会识趣地在汉娜的客厅前停下脚步，探头问候她是否一切顺利。一本硕大的影集平摊在地毯上，从非洲带来的精雕细刻的托盘里盛着几块烘饼，汉娜就躺在长椅上，凝望着庭院中的橄榄树，等候佐菲娅的出现。佐菲娅会走进她的客厅，从塞得满满的书柜里取出一本有着古旧皮质封面的影集，仰天躺在地毯上，一页页地翻阅，汉娜则向她评论着每一张照片，尽管她的目光始终没有离开过那棵橄榄树。

佐菲娅上了楼，拿出钥匙打开房门，一脚踢上了门，将钥匙串丢在门边的圆桌上。她脱下外套扔在地上，在客厅里解开了衬衣，穿过卧室时将长裤也脱了下来，最后走进了浴室。佐菲娅拧开了淋浴开关，水管开始轰鸣作响。她用力地敲击了一下淋浴头，清水便哗哗洒向了她的头发。小屋靠近港口，格雷斯大教堂的钟声透过斜顶上的天窗传了进来，已经是晚上七点了。

"时间也过得太快了！"佐菲娅说道，她迈步走出了弥漫着桉树油香味的浴室，回到卧室，打开衣橱，在工作服和肥大的男式衬衫、纯棉长裤和旧牛仔裤之间做着选择，最终穿上了牛仔裤，卷起了衬衫的长袖，将传呼机别在腰间，腰也不弯，蹦跳着将脚踩进了网球鞋中。她来到房门前，拿起钥匙串，决定让窗户敞开着，便走下了楼。

"今天我要晚些回来，我们明天再见。不管您有什么需要，给我发传呼，好吗？"

萨兰登小姐低声絮叨了几句，佐菲娅当然知道她无非又在老调重弹："你工作太辛苦了，我的孩子，人只能活一次。"

汉娜的话说得不错，佐菲娅总在为别人的事情忙碌，几乎没有一点空闲，甚至连吃顿晚餐或者喝杯饮料这样短暂的休息都不需要，要知道天使可是不食人间烟火的。尽管汉娜为人慷慨，感觉敏锐，她也猜不到佐菲娅为什么要如此无私地奉献。

格雷斯教堂晚间七点的悠扬钟声还在回荡，教堂位于诺布山顶峰，和吕卡房间的窗户遥遥相对。吕卡津津有味地啃着鸡腿骨头，将美味的汁浆也吮吸得一干二净。他站起来用窗帘擦擦手，穿上外套，在壁炉上方的镜子里打量一番自己，才走出了套房。他走下那个气势逼人的回旋转梯，来到了旅馆大堂，看到他那充满了嘲讽意味的笑容，接待小姐慌忙垂下了头。侍者为吕卡叫了一辆出租车，吕卡上了车，依旧不屑付小费。他想要一辆漂亮的新车，在星期天，这个城市里唯一能搞到车的地方就是港口，款型繁多的小车从货船上被卸下来之后就暂时停放在那儿。吕卡让出租车司机把他送到八十号码头，在那儿，他可以随心所欲地偷一辆车。

"开快点儿，我赶时间！"吕卡对司机说道。

克莱斯勒牌轿车拐进了加利福尼亚大街，朝着这个城市的南方驶去。用了不到七分钟的时间，他们就穿越了整个商业区，经过每个路口时都是绿灯闪烁，司机不得不气愤地放下笔记本，他根本没时间按照法律规定记录下行程的目的地。"这简直是故意的！"司机在穿过第六个十字路口时埋怨道。在后视镜里，他看到了吕卡一脸坏笑，而第七个交通灯依然显示前方一路畅通。

就在他们刚刚到达港口区域的入口处时，汽车的散热器里突然飘出了一阵浓重的雾气，小车喘息着停在了路边。"倒霉的事躲也躲不过！"司机叹了一口气。

"我不会付您车钱的，"吕卡坚决地说道，"我们还没有完全到达目的地。"

吕卡下了车,连车门都懒得关,司机还没来得及做出反应,水箱罩便被从散热器里喷射出来的一股黄褐色的锈水掀上了天。"气缸盖也裂了,发动机玩完喽,老兄!"吕卡高喊着走远了。

来到码头入口处,吕卡向警卫挥了挥胸牌,红白相间的栏杆便升了起来。吕卡径直走向轿车停泊处,看中了一辆雪佛兰敞篷汽车,不费吹灰之力地撬开了车锁。吕卡坐到了驾驶座上,从系在腰间的一大串钥匙中选了一把。几秒钟后,他启动了发动机,驶上了码头的中央大道,故意碾过每一处坑坑洼洼的地面,飞溅而起的水花弄脏了路边所有的集装箱,人们再也辨认不出它们的号码。

在大道的尽头,吕卡猛地踩下了刹车,强大的惯性使车身横飞了起来,最终停在了"渔夫之家"大门前几厘米的地方。吕卡下了车,吹着口哨跃上了木质台阶,推门走了进去。

餐厅大堂几乎空无一人,平常的日子里,在一整天的辛苦工作之后,码头工人们会聚到这儿轻松轻松。然而今天,恶劣的天气侵占了上午的时光,为了弥补这一损失,他们会劳作到很晚,直到上晚班的工人们来接管那些机车。

吕卡在一个小包间里坐下来,紧盯着站在柜台后擦拭着酒杯的玛蒂尔德,他奇怪的微笑让玛蒂尔德感到十分不安,她赶紧走过来问吕卡想要喝点什么,吕卡说他不渴。

"那么,您是想要吃点东西吗?"她又问道。

吕卡回答说除非玛蒂尔德愿意陪他一起用餐，玛蒂尔德礼貌地拒绝了他的邀请，在工作时间里，她可不能坐下来。吕卡说他有的是时间，现在也不饿，他可以请玛蒂尔德到别处去吃饭，在他看来，"渔夫之家"实在太普通了。

　　玛蒂尔德有些为难了，面对魅力十足的吕卡，她当然不可能无动于衷。在港口区，在她的生活中，很少能遇见像吕卡这样高雅英俊的男人。当吕卡用他那双清澈深邃的眼睛望着她时，她只能勉强避开他的视线，低声说道："非常感谢。"就在这时，两声汽车喇叭响提醒了她，"但是我不能，"她对吕卡说道，"今天晚上我要和一个朋友去吃饭，刚才摁喇叭的就是她，也许我们能再约个时间吧？"

　　佐菲娅气喘吁吁地冲进来，径直走到吧台前，玛蒂尔德已经回到了吧台，装作什么都没有发生过。

　　"对不起，我迟到了，今天可把我忙昏了！"佐菲娅一边解释，一边在吧台前的圆凳上坐了下来。

　　十几个值班的码头工人走进了餐馆，这让吕卡感到很不舒服。一位起重机司机来到佐菲娅面前，夸赞说换掉制服的她分外迷人。佐菲娅对他的恭维表示了感谢，转过身来对玛蒂尔德眨了眨眼睛。漂亮的女招待俯下身子凑近她的朋友，让她的朋友偷偷看一眼那个穿着黑色西服、坐在大堂深处包间里的客人。

　　"我看到了……趁早别想！"佐菲娅说道。

　　"又要开始说教了！"玛蒂尔德叽咕道。

"玛蒂尔德，最近的一次恋爱差点要了你的命，而这一次，我当然希望能阻止你犯更大的错误！"

"我不明白你为什么要这么说。"

"因为那个家伙才是最可怕的一类人！"

"哪一类人？"

"那种眼神里就透着邪恶的人。"

"又是猛烈的抨击，我甚至都不知道你的想法是从哪儿来的！"

"你花了半年的时间，才摆脱了那个欧法雷尔街 ① 的酒保带来的厄运。难道你还想再有一次这样糟糕的经历吗？你现在有一份工作，也有了住所，才清清白白地生活了十七个星期，你又想跳进一摊污水里去吗？"

"我的血液早就不干净了！"

"给我一些时间，你要继续治疗！"

"那个人看上去很善良！"

"他是一条凶猛的鳄鱼，盯住了肥美的猎物不会放手。"

"你认识他吗？"

"从来都没有见过。"

"为什么那么快就下了结论？"

"相信我，我有分辨好坏的天赋。"

吕卡低沉的声音突然从佐菲娅的身后传来，吓得她差点跳了

---

① 旧金山市的色情酒吧街。——原注

起来。

"既然您已经抢先和您可爱的朋友约好了晚上相聚，不如大方一些，允许我请你们两位去这个城市最好的餐馆里共进晚餐，我的敞篷车里坐三个人一点问题都没有。"

"您的主意不错，没有人比佐菲娅更乐意与人分享的了！"玛蒂尔德接过话头，满心希望她的朋友能随和地对这个提议表示赞成。

佐菲娅转过身来，想对吕卡表示感谢后就把他打发走。然而，她立刻就被那双正仔细打量着她的眼睛吸引住了。两人长久地对望着，一言不发。吕卡想要说些什么，可他嗓子发紧，发不出一丝声音。在沉默中，他凝视着面前这个女孩子的脸庞，那面容如此陌生，却带给了他无比的悸动。佐菲娅也感到口干舌燥，她摸索着想在吧台上找一杯饮料。此时，吕卡也笨拙地伸手去拿杯子，两人的手撞了一下，杯子被打翻了，在吧台上滚动，最终落到地上，摔成了七块碎片。佐菲娅弯下腰，小心翼翼地捡起了三块碎片，吕卡急忙蹲下身去帮忙，拿起了另外四片玻璃。站起身来的时候，他们的目光重新交织在了一起。

玛蒂尔德一直观察着两人的表情，忍不住恼火地提醒他们自己的存在："我该去打扫了！"

"脱掉你的围裙吧，该出发了，我们已经迟到很久了！"佐菲娅避开了吕卡的注视，对玛蒂尔德催促道。

佐菲娅朝吕卡点了点头，毫不犹豫地将玛蒂尔德一路拽到餐馆外。她疾步走向停车场，为玛蒂尔德打开车门，自己也上了车，猛地发动了汽车。

"你究竟是怎么了？"玛蒂尔德惊诧地问道。

"我没什么。"

玛蒂尔德拧过了后视镜："看看你那张脸，还敢再说你没什么吗？！"

汽车沿着码头疾驶，佐菲娅打开了车窗，冰冷的空气立刻钻进了车厢，玛蒂尔德禁不住打了个寒战。

"那个男人实在太阴沉了！"佐菲娅喃喃地说道。

"我见过高大的、精干的、英俊的、丑陋的、瘦弱的、肥胖的、胡子拉碴的、嘴上无毛的、早年谢顶的男人，但是阴沉的男人，我不得不承认你可难住我了！"

"所以我才让你相信我，我自己也说不清那种感觉。他是那么悲伤，似乎忧心忡忡，我从来都没……"

"你不是最喜欢关心痛苦的灵魂吗？如此说来，他正是一个绝佳的对象，你肯定能挽救他的心灵。"

"别跟我耍贫嘴！"

"这真是颠倒是非！我只是要求你对一个我觉得相当迷人的男人做公正的评价，而你连看都不看，就把人家贬得一文不值，可当你自己总算肯纡尊降贵地回过头来看他一眼时，你就死死地盯住了他，就像丢了魂似的。更过分的是，我却连说话的权利都没有了！"

"你难道什么都没察觉吗，玛蒂尔德？"

"除了他抹了点'红礼服'① 还能有什么，这个牌子的香水只有在玛西斯② 才能找到，在我看来，衣着高雅应该算是个优点。"

"你没有注意到他的脸色十分阴沉吗？"

"是这天气太阴暗了，打开车灯吧，不然我们会出事的。"

佐菲娅竖起外衣领围住了脖子，继续说道："好吧，我承认他衣服的颜色是暗了点，可那是意大利剪裁的毛料西装，你想想看！"

"我跟你说的可不是这个。"

"知道我怎么想的吗？我确定他是一个连内衣都很讲究的花花公子！"

玛蒂尔德点燃一根香烟，打开车窗，朝窗外吐出了长长一口烟雾："还不如得肺炎死了吧！行了，我说不过你，连穿什么内衣都管！"

"我对你说的话，你一个字都听不进去！"佐菲娅担心地说道。

"难道一个崇拜凯文克莱（Canelin Kiskha）的姑娘会为一个男人在她面前脱得只剩这个牌子的内衣而感到不安吗？"

"你已经见过这样的男人了吗？"佐菲娅不依不饶地反驳道。

"可能在马里奥的酒吧里见过，不过我不敢肯定。在那个时候，很少有几个晚上我能看清些什么……"

"一切都过去了，把这些都甩在脑后吧！"佐菲娅说道。

"你相信那种似曾相识的感觉吗？"

---

① 娇兰公司出产的一款男士香水。——译注
② 高档连锁商场。——原注

"可能有吧，怎么了？"

"刚才在酒吧间里，当那个玻璃杯从他手中滑落的时候，我好像真的见过这一场景……"

"那是因为你饿得发晕了，我带你去吃中国菜。"佐菲娅打断了玛蒂尔德的话。

"我能问你最后一个问题吗？"

"当然可以。"

"你难道从来都不会觉得冷吗？"玛蒂尔德问道。

"怎么了？"

"因为如果在嘴里含上一根木棒，我都快冻成冰棍了，赶紧给我关上车窗吧！"

福特车朝着吉哈德里广场的老巧克力店驶去，在沉默了几分钟以后，玛蒂尔德打开了收音机，凝视着车窗外倒驰而去的繁华街景，在哥伦布大街和德贝路的交会处，码头从她的视野里消失了。

❦

"如果您愿意高抬贵手的话，我就能擦擦我的柜台了！""渔夫之家"老板的话打断了吕卡的沉思。

"对不起，您说什么？"

"您的手下面还有些碎玻璃，会割伤您的手指的。"

"别为我担心。她是谁？"

"一个漂亮女人，在这儿可不多见。"

"是的，就是因为这样我才喜欢上了这儿。"吕卡迅速打断了老板的话，"您还没回答我的问题呢。"

"您感兴趣的是在我餐馆工作的那个女孩吗？对不起，我不能透露工作人员的私人信息，您只好下次到这儿来亲自问她了，她明天十点钟上班。"

吕卡将手狠狠地砸向了吧台，玻璃碎片顿时四处飞溅，餐馆老板吓得倒退了一步。

"我才不在乎您的女招待呢！您认识那个和她一起离开的年轻女孩吗？"吕卡又问道。

"那是她的一个朋友，在码头安检处工作，我能告诉您的就是这些。"

吕卡一把拽过老板腰间的抹布，擦擦自己的掌心，将抹布扔进了吧台后的垃圾篓，奇怪的是他手上竟然没有一丝受伤的痕迹。

"渔夫之家"的老板皱起了眉头。

"别担心，我的老兄，"吕卡望着他完好无损的手说道，"这就像在炭火上走路一样，要掌握诀窍，关键就是掌握诀窍！"

吕卡朝着出口走去，在台阶上停下脚步，从食指和大拇指中间取出了一小块玻璃碎片。他向敞篷车走去，弯下身子，将手伸进车窗，松开了手动刹车，他刚偷来的这辆高档轿车便摇摇晃晃地向着海边缓缓滑去。在车头陷进水中的那一刻，吕卡的脸上露出了孩童般顽皮的微笑。

对他来说，看着海水从车窗（他总是将车窗半开着）漫进车厢实在是件非常有趣的事，不过他最喜欢的还是油箱彻底沉没前汩汩冒出的一串气泡，它们在水面上爆裂时发出的啵啵声简直就像美妙的音乐。

当人们聚在码头上好奇地看着混浊的海水渐渐吞噬了雪佛兰轿车的时候，吕卡已经走出很远了，他将双手插进口袋，一边走着，一边自言自语道："我想我发现了一颗罕见的珍珠，不把她搞到手，才真是见鬼了！"

❧

佐菲娅和玛蒂尔德坐在面向海港的餐桌前，从她们身边的落地窗户望去，海滨大道的景色尽收眼底。"这是我们最好的座位了。"欧亚混血的餐厅老板强调道，微笑时露出了一口大龅牙。这儿的景色的确让人心旷神怡，向左望去，红褐色的金门大桥似乎在和比它年长一岁的银色海滨大桥媲美。正对面的海滨游乐场中，一艘艘帆船躲过惊涛骇浪，随着水波起伏舒缓地摇晃着它们的桅杆。砾石铺成的小径将碧绿的草坪分割成一个个小方块，一直延伸到海边。夜晚出来散步的人们走在小路上，尽情享受着初秋季节凉爽的海风。

侍者端来了两杯酒店自制的鸡尾酒和一盘炸虾片。"本店免费奉送。"他一边说一边递上了菜单。玛蒂尔德问佐菲娅是否常来这家饭店，她觉得对于佐菲娅这样一个小公务员来说，这儿的价格似乎太贵了，佐菲娅回答说今天是饭店老板请客。

"你帮他取消了罚单？"

"只是几个月前帮了他一个忙，没什么的，我向你保证。"佐菲娅有点不好意思地回答。

"你总说没什么，我可不相信，你究竟帮他做了什么？"

有一个傍晚，佐菲娅在码头上遇见了饭店老板，当时他正在堤岸上漫步，等待着港口职员为一批从中国运来的餐具办理报关手续。他忧郁的眼神引起了佐菲娅的注意，当他弯腰俯身在堤岸上，长久地凝视着散发出咸腥味的海水时，佐菲娅甚至想到了最糟糕的情况。她走了过去，和他聊了起来，最终老板向她吐露了心事：在度过了四十三年的婚姻生活之后，他的太太想要离开他。

"他太太多大年纪了？"玛蒂尔德好奇地问道。

"七十二岁！"

"七十二岁了还想闹离婚？"玛蒂尔德抿住嘴，不让自己笑出声来。

"如果你的丈夫四十三年来睡觉一直打呼噜，你也会想要离开他，甚至每个晚上都想。"

"你让他们夫妇重归于好了？"

"我劝说他去做手术，向他保证说这一定不会让他感到疼痛，男人们真是软弱！"

"你觉得他当时真有可能会跳海自尽吗？"

"他都把结婚戒指扔到海里去了！"

玛蒂尔德抬眼望着饭店的天花板，那些蒂梵尼的彩画玻璃让她着迷，她觉得它们令餐厅看起来仿佛是富丽堂皇的大教堂。佐菲娅一边表示同意一边又往玛蒂尔德的盘里舀了一勺鸡肉。

玛蒂尔德用手捋了捋头发，天真地问道："这个打呼噜的故事是真的吗？"

佐菲娅望着她，眉宇间露出了笑意："当然不是。"

"啊！那么我们到这儿来是为了庆祝什么？"玛蒂尔德举起酒杯问道。

佐菲娅含糊其词地告诉玛蒂尔德，今天早上她获得了提升，她的工作部门没有更换，职位也没有提高，同样也不会获得更多的报酬。如果玛蒂尔德能停止做出一脸嘲讽的表情，她愿意解释说有些特殊的工作任务将带来比金钱或者权威更可贵的东西，那是一次自我完善的过程，能够用自己的力量去帮助别人，而且不危害他人的利益，应该是令人感到十分快乐的事。

"就算是这样吧！"玛蒂尔德冷笑着说。

"对你，我的老朋友，我真是无可奈何，我的苦难远远没有到头！"佐菲娅略带恼意地回敬道。

玛蒂尔德拿起了竹质的日本清酒壶，将两人面前的酒杯斟满。就在一秒钟之内，佐菲娅的脸色大变，她一把抓住玛蒂尔德的手腕，把她从座位上拽了起来，大声说道："离开这儿，赶紧往出口跑！"

玛蒂尔德惊呆了，邻座的客人也都诧异地看着佐菲娅。佐菲娅似乎预感到了一种莫名的威胁，她转动着身体，高声喊道："所有人都离开，用最快的速度离开这儿，赶快离开，跑得远一些！"

餐厅里的人们犹豫不决地望着佐菲娅，半信半疑地以为这是一场恶作剧。饭店老板朝着佐菲娅急奔过来，他双手紧握，似乎在恳求这个被他视为朋友的女孩子不要破坏了良好的就餐气氛。佐菲娅用力握住了他的肩膀，请他抓紧时间疏散人群。她恳求老板相信她，危险迫在眉睫。那个名叫唐柳的老板并没有未卜先知的本领，但他的本能总在关键时刻帮他做出正确的决定。他击掌两下，说了几句广东话，身穿白色制服的侍者便立刻行动起来，他们为客人挪开了椅子，迅速领着他们从饭店的三个出口纷纷离开。

唐柳站在人迹渐疏的餐厅中央，佐菲娅拉住他的手臂，把他往出口拽去，但他依旧站在原地，望着几米远处手足无措的玛蒂尔德。

"我最后一个离开。"唐先生说道。就在这时，一位配菜师傅尖叫着跑了出来，厨房里随即响起了震耳欲聋的爆炸声，巨大的吊灯被强烈的冲击波震得支离破碎，重重地砸向了地面。餐厅的落地窗被气浪冲得粉碎，玻璃碎片四处飞溅，落到了路面上。桌椅就像被一股巨大的力量吸引着横飞了出去。成千上万红色、绿色和蓝色的彩色玻璃碎片如同细密的雨点散落在残砖裂瓦上，呛人的浓烟从炸裂的缺口处飘来，弥漫了整个餐厅。巨大的声响过后，饭店内是一片令人窒息的沉寂。

吕卡开着一小时以前偷来的车，来到了饭店楼下的街道，飞扬的粉灰尘土令他深恶痛绝，他更讨厌事情不像他所预计的那样发生。

佐菲娅推开了压在她身上的硕大的餐桌，揉了揉膝盖，跨过一盘翻转在地的甜点。餐厅里一片混乱，突然，她发现饭店老板横躺在失去了豪华配饰、只剩下残破骨架的吊灯下面，急促而艰难地呼吸着。佐菲娅赶紧向他跑去，痛苦扭曲了唐先生的面容，鲜血从他的胸腔里涌出来，每一次呼吸似乎都在加重他心脏的负担。远处传来的消防车的警笛声在这个城市的大街小巷中回响。

佐菲娅哀求唐先生再坚持一会儿。"您太神奇了。"这位中国老人叹了一口气。佐菲娅握住了他的手，奄奄一息的唐先生拉过她的手放在自己的胸膛上，他受伤的肺部就像被戳穿了的轮胎一样。生命垂危之际，他看到了事情的真相，他用尽最后的力量告诉佐菲娅，有了她的陪伴，死亡并不让他感到害怕。他知道在永恒的长眠中，他不会再打呼噜了。"我未来的邻居们真是好运！他们都应该感谢您！"说到这儿，唐先生极力想要露出笑容，却忍不住剧烈地咳嗽起来。一股鲜血从他的嘴角涌出来，流过他的面颊，渗入了红色地毯中。唐先生脸上的微笑渐渐变得僵硬起来："我想您应该去照顾您的朋友，我没有看见她逃出餐厅。"

佐菲娅环顾四周，但她没有看到玛蒂尔德的身影，也没有发现其他尸体。"在门边上的橱柜下面。"唐先生咳嗽着艰难地说道。

佐菲娅站起身来，唐先生拽住了她的手腕，注视着她的双眼问道："您是怎么知道的？"

佐菲娅凝视着这位老人，生命最后的光辉已经从他微微泛黄的眼眸中逐渐逝去，她轻声说道："不久您就会明白了。"

唐先生的脸上绽放出满意的微笑，似乎整个身心都得到了安宁，他说出了临终前最后一句话："谢谢您告诉了我！"他的瞳孔逐渐收缩到针尖般大小，眼睑颤动着缓缓闭合，脸颊倒向了佐菲娅的掌心。

"原谅我不能陪着您走。"佐菲娅轻抚着他的额头说道，然后轻轻地放下了唐先生软弱无力的头颅。

佐菲娅站起身来，推开一张四脚朝天的小桌子，朝翻倒在地的橱柜走去。她用尽了全身的气力移开了橱柜，终于发现了昏迷不醒的玛蒂尔德，一把大而锋利的餐叉牢牢地扎进了她的左腿。

消防队员手中的手电筒的光束掠过了地面，他的脚踩在碎石块上嘎吱作响，他靠近了餐厅里的那两个女孩，摘下了别在肩上的对讲机，向队友宣布找到了两名受害者。

"只有一个伤员。"佐菲娅站起来对他说道。

"谢天谢地。"又一位身穿黑色西装的男人出现在凌乱不堪的餐厅中，盯着他面前的废墟说道。

消防队长耸了耸肩，嘴里嘟囔着："可能是个联邦调查员，如今哪儿要是发生了爆炸，他们到得比我们还早。"他给玛蒂尔德套上氧气面罩，对迎上前来的队员交代了几句："她的一条腿骨折了，可能手臂也受了伤，她现在昏迷不醒，通知医疗队赶紧将她抬走。"他又指着唐先生问道："那边的男人怎么样了？"

"已经太晚了！"身着黑衣的男人在餐厅的另一头回答道。

佐菲娅将玛蒂尔德搂在怀里，强忍住悲伤，哽咽着说道："这一切都是我的错，我不该带她来这儿。"她望着四分五裂的落地窗外无垠的天空，双唇颤抖着哀求道："别把她带走！她会好起来的，她已经走上了正路。我们说好了在做决定前给我几个月的时间，您必须遵守诺言！"

佐菲娅的自言自语令两位救护人员感到十分奇怪，他们走了过来，询问她是否一切都好，佐菲娅点点头作为回答。救护人员建议她戴上氧气面罩，佐菲娅拒绝了他们的好意。救护人员只好请佐菲娅先走开，她退后了几步，两位救护人员将玛蒂尔德抬上了担架，疾步向出口走去。佐菲娅来到了落地窗前，目送着她的朋友被抬上了救护车，伴随着尖厉的警笛声，红灯闪烁的救护车向着旧金山纪念医院驶去，消失在佐菲娅的视野中。

"别再自责了，每个人都有可能在不恰当的时候来到不恰当的地方，这就是命运！"

佐菲娅被吓了一跳，她听出了这个声音。吕卡眯着眼睛走了过来，试图用这样笨拙的言辞来安慰她。

"您在这儿做什么？"佐菲娅问道。

"我想消防队长已经告诉过您了。"吕卡一边解开领带，一边回答道。

"这看上去只是一场厨房煤气泄漏引起的爆炸，最坏也不过是有人捣鬼，我这个联邦调查员可以舒舒服服地回家去了，让医生们收拾残局吧。恐怖分子可不会选择来中国餐厅闹事！"皮勒葛警探嘶哑的声音打断了他们的对话。

"这位老兄是谁呀？"吕卡揶揄的口吻中流露出了几分不快。

"旧金山警察局的皮勒葛探员。"佐菲娅答道。

"很高兴您还记得我。"皮勒葛对佐菲娅说道，他似乎没有注意到吕卡的存在，"我希望您有机会能向我解释一下，今天早上为什么假装不认识我。"

"我认为没有必要再向您解释些什么，早上的情形让我只能装作和您初次见面，这是为了保护玛蒂尔德。"佐菲娅说道，"在码头上，流言蜚语流传得比烟雾还快。"

"我相信您，才让她提早出来，而您所做的一切让我感激不尽。警方办事也是讲究分寸的！尽管如此，鉴于这个小女孩现在的情况，我们当初还不如让她留在监狱里服刑。"

"您的'分寸'把握得不错！"吕卡乘势接过话头，他向两人告了别，穿过硕大的门洞，离开了饭店。那道花重金从亚洲运来的豪华门如今已变成一堆废墟倒在地上。

上车前，吕卡站在街道上，向佐菲娅喊道："我为您的朋友感到难过。"几秒钟后，他的黑色雪佛兰轿车便消失在海滨大道的拐弯处。

佐菲娅无法向警探提供任何线索，只是一种可怕的预感让她催促餐厅里的人们赶紧离开。皮勒葛探员认为和刚刚被营救出来的那么多条人命相比，这个解释显得十分轻率。佐菲娅却再也说不出什么，也许是她无意中闻到了从厨房深处泄漏出来的煤气味道。皮勒葛对"无意中"这个理由并不满意，几年来，很多案子最终都是这样不了了之。

"别忘了告诉我您最后的调查结果，我也想知道发生了些什么。"佐菲娅说道。

皮勒葛准许她离开现场，佐菲娅找到了自己的汽车，福特车的风挡玻璃已经四分五裂，厚厚的尘土像是将栗色的车身重新刷上了一层灰色的油漆。在赶往医院的途中，佐菲娅看见了许多辆消防车络绎不绝地向饭店方向驶去。在医院门前，她停好福特车，走进了候诊室。一位护士迎上前来告诉她玛蒂尔德正在接受手术，佐菲娅向年轻的护士道了谢，找了一个空位子坐下来等待。

❧

吕卡不耐烦地摁了两声汽车喇叭。码头的门卫正专心致志地盯着电视上的棒球比赛，纽约扬基队正以大比分优势领先，他头也不回地按下了按钮，入口处的栏杆升了起来，吕卡关掉了雪佛兰轿车的车灯，将车开到海堤上，打开车窗，扔掉了烟头，将变速杆挂到空挡，让发动机继续运转着。他走下了车，在车后的保险杠上使劲踢了一脚，推力正好让汽车摇摇摆摆地向前滑行起来，一头扎进了大海。吕卡双手叉腰，兴致勃勃地观赏着这一场景。等到最后一个气泡浮出水面后，他转过身，满心愉悦地朝着汽车停泊处走去，一辆橄榄绿的本田轿车似乎正等待着他的到来。吕卡撬开了车锁，打开车盖，一把拽下防盗报警器，将它丢得老远。他上了车，略显失望地环视了一下车厢中的塑料内饰，拿出他的钥匙串，挑了一把看上去最匹配的钥匙插进去，马达果然应声而动。

"青绿色的日本车，我什么都得试试！"吕卡咕哝着松开了手动刹车。他看看表，发现自己已经迟到了，赶紧加快了车速。一位名叫朱尔的流浪汉坐在停车场中，看着远去的本田车耸了耸肩。此时，海面上最后那个气泡也结束了自己的生命。

❧

"她没事吧？"

这个晚上，吕卡的声音已经是第三次突然响起，令佐菲娅大吃一惊。

"我也希望如此。"她上下打量了一番吕卡后说道，"您究竟是谁？"

"吕卡。对不起，我还没自我介绍呢！很高兴认识您。"吕卡向佐菲娅伸出了手。

佐菲娅平生第一次感到了疲惫，她站起身来，向咖啡机走去："您要来一杯吗？"

"我不喝咖啡。"吕卡答道。

"我也不喝，"佐菲娅将一枚二十美分的硬币放在手心里不停翻转，继续问道，"您来这儿做什么？"

"和您一样，"吕卡答道，"来看看她怎么样了。"

"为了什么？"佐菲娅将硬币放回了口袋。

"我要为这起事故写一份报告，到目前为止，我在'罹难者'这一栏里填上了数字1，我得来证实一下是否需要对此进行修改。我想在事发当天就把报告交上去，办事拖拉最让人讨厌。"

"我也猜到了。"

"您要是接受了我的邀请，事情就不会闹成这样了。"

"您赞扬过皮勒葛警探有'分寸'，您自己也应该知道怎样掌握分寸！"

"她要到深夜才能从手术室里出来，一把用来切鸭肉的餐叉扎进了人身上，伤势肯定不轻。医生们得花上几小时为她包扎伤口，我带您去对面的咖啡馆坐坐吧？"

"不，我不能离开。"

"随您的便。在这儿干等着很没意思，但如果您愿意，那就这样吧。"

两人在长椅上背对背坐着，等候了一个多小时，外科医生终于出现在了走廊尽头，他悄无声息地脱下了乳胶手套（外科医生们总是一走出手术室就脱掉手套，将它们扔进专用的垃圾篓中）。医生告诉佐菲娅，玛蒂尔德已经脱离了危险，她的动脉没有破裂，扫描也显示颅骨和脊柱都完好无损，但她的腿和手臂受了伤，幸好是非粉碎性骨折，几处外伤也被缝合了，其他医生正在给她上石膏。医生认为不排除有并发症的可能，但他对玛蒂尔德的痊愈很有信心。在手术后的几小时里，玛蒂尔德必须卧床静养，所以医生拜托佐菲娅转告玛蒂尔德的亲属在天亮以前不要来探视她。

"这一点都不费事，"佐菲娅说道，"她只有我一个亲人。"

佐菲娅把自己的传呼号码留给了护士长，在离开医院的时候，她走过吕卡面前，头也不回地告诉吕卡说他不必对调查报告进行修改了，接着便消失在了等候室的出口处。吕卡在空荡荡的停车场找到了正埋头寻找车钥匙的佐菲娅。

"如果您的出现不再让我大吃一惊，我将非常感谢。"佐菲娅说道。

"我认为我们的开始糟糕了一些。"吕卡柔声说道。

"开始什么？"佐菲娅反问道。

吕卡犹豫了片刻答道："也许有时候我说话有些直言不讳，但您的朋友脱离了危险，我真的为此感到高兴。"

"好吧，今天我们总算在一件事情上达成了一致，看来什么都是有可能的！现在，拜托您让开，我要开车门……"

"我们为什么不能一起去喝一杯咖啡呢……如果您愿意的话？"

佐菲娅一时间不知该如何回答。

"看我多么笨嘴笨舌！"吕卡赶紧说道，"您不喝咖啡，我也不喝。那么来杯橙汁吧，对面那家咖啡馆的橙汁棒极了。"

"为什么您这么希望我陪您去喝点东西呢？"

"因为我刚来到这个城市，也不认识什么人。我在纽约度过了孤独寂寞的三年，当然这并不稀奇。大苹果① 让我变得不善辞令，我决心要改变自己。"

佐菲娅打量了一番吕卡，又低下了头。

"好吧，我重新开始。"吕卡说道，"忘了纽约、我的孤独和所有一切。我自己也说不清为什么那么想和您一起去喝点东西。事实上，我才不在乎喝什么呢，我只是想要认识您。好了，我对您说了实话，您也该答应我了吧！"

佐菲娅看看表，犹豫了几秒钟，终于微笑着接受了吕卡的邀请。他们穿过街道，走进了那家名为"脆奶油"的咖啡馆。小店里弥漫着热烘烘的糕点甜香，一盘煎饼正好新鲜出炉。两人挑选了橱窗前的座位，佐菲娅什么都没吃，只是目瞪口呆地看着吕卡在不到十分钟时间里吞下了七块撒满了糖霜的煎饼。

"在我看来，上帝列出的七宗罪恶中，馋嘴这一项似乎并不让您

---

① 纽约市的昵称。——原注

觉得可耻。"佐菲娅眼角含笑地说道。

"这些所谓罪孽的故事简直可笑……"吕卡吮吸着手指答道,"修道士的无稽之谈。没有煎饼的一天简直比阳光灿烂的日子还难熬!"

"您不喜欢阳光?"佐菲娅诧异地问道。

"哦,我热爱阳光!强光可以灼伤皮肤,引发癌症,西装革履的男人呼吸困难,简直要被热死了;涂脂抹粉的女人则生怕汗水搞乱了她们脸上的妆容;日夜运转的空调破坏了臭氧层,最后大家都会玩完;污染加重,连动物们都会因为找不到水喝而渴死,更别说原本就气喘吁吁的老人了。啊!对不起,我可不觉得太阳是人们所说的好东西!"

"您对事物的看法真是与众不同。"

当吕卡神情严肃地评价说人们在分辨善恶时必须胸怀坦诚时,佐菲娅听得更加专心致志了。吕卡话语中奇特的逻辑引起了她的兴趣,许多次吕卡都是先提及恶再说到善,一般人则恰恰相反。

佐菲娅的脑海中突然闪过一个念头,她觉得吕卡可能是天使情报局的监察员,被派来监督她的工作。以前执行任务时,她也经常碰到这样的情况。吕卡越是滔滔不绝、出言不逊,佐菲娅就越觉得自己的猜想没有错。当吕卡一边咀嚼着第九个煎饼,一边对佐菲娅说希望能再次见到她时,佐菲娅忍不住微笑了起来。吕卡结了账,两人走出了咖啡馆。

在空旷的停车场上,吕卡抬头说道:"天气有点凉,但夜色很美,不是吗？"

佐菲娅接受了明天和吕卡共进晚餐的邀请，如果吕卡真的也为天使情报局工作，佐菲娅可不会令这位想要试探她的同事失望，她将尽情享受这顿晚餐。

佐菲娅开车回到了家，将福特车停在小屋前，悄无声息地走上台阶，过道里一片漆黑，汉娜·萨兰登的房门紧闭着。

在进屋之前，佐菲娅抬眼望了望天空，辽阔的苍穹里没有云彩飘浮，也不见星辰闪烁。

曾经有一个夜晚，曾经有一个清晨……

第 二 日

找到理想中的爱人，只有这个念头才能帮助你克服恐惧。

不要错过真爱，不再迷失自己，这是生命中最难做出的选择。

清晨时分，玛蒂尔德苏醒过来，发现自己已经在夜间被安置到了病房里，烦恼的情绪顿时涌上了心头。她一度沉湎于绝望和毒品之中，为了忘却那段劣迹斑斑的生活，这十五个月以来，她唯一能做的就是不停地忙碌。如今，弥漫着消毒水味道的病房又让玛蒂尔德回想起了那段像毒草一样侵蚀了她内心的空虚岁月。在炼狱般的戒毒期，被她称为保护神的佐菲娅不得不将她的双手捆绑起来。为了获得新生，玛蒂尔德不惜摧残自己的身体，用一道又一道的抓痕来抵御难以抑制的毒瘾。

　　有时，玛蒂尔德会突然感觉到从脑后传来一阵涨痛，那是因为在无数个黑夜里，坠入痛苦深渊的她只能狠命地敲打头颅。她看着自己的肘弯，注射毒品留下的针眼一天天淡化，她的罪孽也随之得到了救赎，唯有静脉边上的一个紫色斑点依旧清晰可见，似乎提醒着她死神曾经悄悄地临近。

　　佐菲娅推开了房门。"我来得正是时候。"她说着将一束牡丹放在了床头柜上。

"为什么这么说？"玛蒂尔德问道。

"我进门时注意到了你的脸色，看来你情绪不佳，有大发雷霆的迹象。我去向护士要一个花瓶。"

"你别走，留在我身边。"玛蒂尔德软弱无力地央求道。

"可牡丹也和你一样着急，它们需要水分的滋养，别乱动，我马上就回来。"

玛蒂尔德独自一人躺在病床上，凝视着那束牡丹。她抬起了不曾受伤的手臂，抚摸着丝绒般润泽的花瓣。她喜欢猫，手中的牡丹花瓣摸上去就如同猫的皮毛一样柔顺光滑。

佐菲娅捧着一个小桶走了进来，打断了玛蒂尔德的沉思："她们只有这个，没关系，牡丹可不娇气。"

"这是我最喜欢的花。"

"我知道。"

"在这个季节里，你是怎么找到牡丹花的？"

"这是个秘密！"

佐菲娅盯着她朋友上满石膏的腿和被夹板固定得死死的手臂，玛蒂尔德的伤势让她吃了一惊。

"那家餐馆可是没有白去！究竟发生了什么，我几乎一点都记不起来了。我们好像正说着话，你突然站了起来，我还没离开座位，接着就看到了一个大黑洞。"

"不……是厨房的煤气泄漏了。你要在这儿待多久？"

医院同意玛蒂尔德第二天就出院，但是她承担不起医生上门探视的费用，而她的身体状况让她根本无法自由活动。当佐菲娅准备离开的时候，玛蒂尔德哭成了一个泪人："别把我丢在这儿，消毒水的味道简直要把我逼疯了。我已经受够了，我保证我会熬不住的。我害怕极了，连他们给的镇静剂都不敢吃。我知道我是你的负担，但是求你了，佐菲娅，帮我离开这儿，马上就走！"

佐菲娅只好又回到了玛蒂尔德的病床前，抚摩着好友的额头，让她从担忧焦虑引起的痉挛中平静下来。她向玛蒂尔德保证傍晚时分再到医院来看望她，并且尽快找到一个解决的办法。

佐菲娅离开了医院，驾车风驰电掣地赶往码头。这一天，她的工作繁重，时间在悄无声息地流逝，她肩负着一项重大的使命，还有几位被保护者期待着她的眷顾。佐菲娅先去看望了她那位老迈的流浪汉朋友朱尔。朱尔始终都没弄清楚自己为何会离群索居，在七号桥洞这个"非固定住所"里当上了流浪汉……生活似乎用一连串的恶作剧戏弄了朱尔，他为一家大公司贡献了毕生的精力，而一次裁员就结束了他的职业生涯，言简意赅的辞退信宣布他不再是公司的职员。

五十八岁的人正年富力强，那些化妆品公司甚至宣言说即使年近花甲，人们也只要对仪容稍加修饰就会神采奕奕，然而它们的人力资源部在对职员工作生涯加以评估时却没有这样乐观了，朱尔·密斯卡就是这样失去了工作。朱尔一向以公司为家，勤奋工作，然而有一天，公司的一位身着制服的保安在入口处收回了他的胸牌，保安一言不发地陪着朱尔来到办公室。在同事们沉默的注视下，朱尔收拾好了自己的东西。那个阴沉的雨天里，朱尔夹着一个小纸箱，离开了他为之忠心耿耿奋斗了三十二年的公司。

朱尔·密斯卡醉心于应用数学和统计学，但他的人生却颇具讽刺意味地构成了一道极不完美的数学题：繁重的职业负担让他将周末也加入了工作时间，影响了他的私人生活；雇主像做除法一样分割了他的权利（能为他们工作已经是值得骄傲的事，职员们组成了一个等级分明的家族，各善其位，各尽其职）；公司管理层凭着他们毫无由来的权威，如同做乘法般地将侮辱和误解强压在他身上；到最后，他就像一个减数般被踢出门外，无法体面地结束自己的职业生涯。朱尔经受了无数次不公正的待遇，他的生活也因此成了一道难以解开的方程。

孩童时代的朱尔喜欢在废铁站边闲逛，看着破旧的汽车被碾得粉碎。为了赶走夜晚的孤寂，朱尔经常回忆自己曾是一个富有而年轻的白领，却因为自暴自弃而变得一贫如洗：他的信用卡在秋季被收回了，银行里的积蓄没能撑过冬天。第二年春天，他卖掉了自己的房子。夏日里，他放弃了一份真挚的爱情，用最后一次旅行来维护仅存的自尊。五十八岁时，朱尔·密斯卡沦落到了在旧金山港口八十号码头的七号桥洞下苟且安身的地步，不久就可以举行入住十周年庆贺仪式了。他津津乐道地告诉任何一个愿意听他诉说的人，在决定去旅行的那一天，他完全没有预料到此后所发生的一切。

佐菲娅盯着从朱尔的苏格兰花呢裤子裂缝中露出的那道脓肿的伤

疤喊道:"朱尔,您应该去医院治治这条腿了!"

"啊,求你别再提这个了,我的腿好得很!"

"您知道得很清楚,如果不消毒,这个伤口用不了一个星期就会溃烂的!"

"我漂亮的小姑娘,最可怕的溃烂我都经历过了,多一次少一次又有什么大不了的。再说,我早就请求上帝将我带走了,我可不能言而无信。如果每次有点不舒服就去医院,我又干吗要祈求离开这该死的人世呢!你看到了,这个脓包就是我进天堂的门票!"

"是谁把这些愚蠢的念头装进了您的脑袋?"

"没有人,但一个常在这儿闲逛的年轻人完全同意我的想法。我非常喜欢和他聊天,看到他就像看到了过去的我。他身上的西服也是我那时喜欢穿的样式,直到我的裁缝发现我囊中羞涩。我对那个年轻人好言相劝,他对我恶语相向,这样的针锋相对让我觉得很开心。"

无家可归,无人可恨,用小木棍搭起来的栅栏门前什么食物都没有,朱尔·密斯卡的境况连囚犯都不如。当人们为生存而斗争的时候,梦想就成了一种奢侈。白天,朱尔得去垃圾场找吃的。冬天来临时,他必须不停地行走,以抵御寒冷和瞌睡的结盟可能带来的死亡。

"朱尔,我带您去诊所吧!"

"据我所知,你是码头安检员,可不是救死队员!"

佐菲娅用尽全身的力量拽住流浪汉的胳膊,扶他站起身来。朱尔并不合作,很不情愿地被佐菲娅拖到她的车边。佐菲娅为他打开了车门，朱尔却用手捋着胡须，一脸犹豫地站着不动。佐菲娅默默地看着朱尔，他那双湛蓝色的眼睛周围布满了鱼尾纹，仿佛为这个多愁善感的灵魂构筑起了流露真情的围墙，风霜在他微笑着的、厚实的嘴唇边刻画上了一些纹路，昭示着贫困潦倒只是这位老人生活的表面现象。

"我一坐上去，你车里的气味就会变得不太好闻，因为这个该死的脓包，最近几天我都没办法去冲个澡！"

"朱尔，如果人们连金钱的铜臭都不在乎，可怜的伤者又有什么难闻的气味！别跟我争了，快上车吧！"

将朱尔托付给了诊所的医生以后，佐菲娅又开车驶回码头，顺路去看望了萨兰登小姐，请她帮个忙。佐菲娅在家门口遇见了房东，汉娜正要出门去购物。这座城市的街头巷尾布满了斜坡，对一个腿脚不便的老人来说，每走一步都是个挑战，所以能在这个时间里碰到佐菲娅简直就是个奇迹。佐菲娅让汉娜在车上等她。她回了一趟自己的房间，电话留言机里没有任何留言。佐菲娅又赶快跑下了楼，在送汉娜去商店的路上，佐菲娅对她讲述了玛蒂尔德的情况。汉娜愿意照顾玛蒂尔德直到她恢复健康。现在，佐菲娅就得想办法把玛蒂尔德抬上楼梯，还得找几个帮手把阁楼里的钢丝床搬下来。

❧

吕卡惬意地坐在位于马克特街 666 号的咖啡馆里，用餐叉在树脂的桌面上写写画画，似乎在计算着些什么。他刚刚在加利福尼亚最大的房地产集团里找到了一份新工作，对于吕卡这个多面手来说，换一份职业简单得如同儿戏，他已经为自己将耍弄计谋、大闹一番而感到兴奋不已。他扬扬得意地将第七个羊角面包蘸了蘸加奶咖啡，饶有兴趣地低头阅读着那篇描写硅谷发迹史的文章：这片广阔的土地在三十年间成了对高新技术发展最具战略意义的领域，被称为"世界信息产业之肺"。

前一天，在从纽约来的飞机上，《旧金山日报》上一篇介绍 A&H 房地产集团的文章让吕卡眼前一亮，照片上赫然展现了该集团副总裁埃德·赫特那肥头大耳的形象，A&H 集团中的 H 就代表着他姓名的首写字母。赫特尤其擅长在新闻发布会上摆出一副趾高气扬的模样，喋喋不休地吹嘘着他的集团为该地区的经济飞跃所做出的巨大贡献。这位二十年来一直觊觎着议员席位的野心家不会放过任何一次抛头露面的机会，这个周日，他又主办了一个盛大的捕蟹节开幕式，吕卡就是趁这个机会结识了他。

在和埃德的交谈中，吕卡如数家珍地提及了许多颇有影响力的人物，埃德为此给了吕卡一个副总裁助理的职位。投机取巧对埃德来说并不陌生，还没等这位集团的二号人物嚼完一条蟹腿，加了封条的任命书就递到了吕卡手上，而由藏红花和蛋黄酱配制而成的调味汁也不失时机地弄脏了埃德的礼服。

时间是上午十一点，一小时以后，埃德就要将吕卡介绍给他的合伙人——集团总裁安托尼奥·昂德里克。这位代表着 A&H 集团中的 A 的一号人物凭借铁腕政策经营着凝聚了他多年心血的产业，与生俱来的商业头脑、无人能及的勤奋敬业使昂德里克构筑起了一个庞大的房地产王国，集团雇员已经超过了三百人，律师、会计和秘书的数目也不相上下。

吕卡犹豫了片刻，终于决定放弃第八个面包，他舔了舔拇指和食指，又点了一杯卡普契诺。他轻轻地咬着黑色毡帽，翻阅着笔记本，继续沉思，从自 A&H 集团信息部得来的数据看，该集团的业绩非常不错。

吕卡忍不住又拿起了一小块巧克力面包，同时他也得出了结论：不通过 A&H 房地产公司，要在硅谷租用或买卖房屋和土地是不可能的事。A&H 广告牌上那句言简意赅的宣传语"聪明的房产商"提醒了吕卡要进一步完善他的计划：A&H 就像一个双头的巨人，它的要害就在于两个总裁之间的合作，只要这两个巨头争着呼吸同一口空气，他们就可能令对方窒息。一旦昂德里克和赫特鹬蚌相争，A&H 集团就会崩溃，集团的颠覆会令许多大产业主垂涎欲滴，从而引起房地产业的不稳定，主要经济支柱若是动摇了，金融业会很快对此做出反应，该地区的企业也将面临窘境。

为了证实自己的这番假设，吕卡查阅了几个数据，最有可能发生的情况便是企业因为地价的高涨和规模的缩小而破产。即使悲观一点来看，吕卡的计算也预示着至少将有一万人会失去工作，这个数字足以让硅谷地区的经济崩盘，从而引起人们从来不曾想象过的"世界信息产业之肺"的衰竭。金融界人士的谨小慎微和投机取巧无人能及，华尔街上那些富翁在几个星期内就会收回他们对高新技术产业的投资，整个国家的心脏将因此濒临猝死。

"全球一体化还是有好处的！"吕卡对为他端来一杯热巧克力的女招待说道。

"怎么，您难道准备用韩国生产的清洁剂来擦干净桌上的脏东西吗？"女招待看着一片狼藉的餐桌，疑惑地问道。

既然有人提出说蝴蝶抖动翅膀都可能引起一场飓风，吕卡认为这个原理也可以应用到经济领域，美国的危机会很快殃及欧亚。A&H集团就是吕卡的那只蝴蝶，埃德·赫特是那抖动的翅膀，这座城市的码头则将成为吕卡高奏凯歌的舞台。

在用餐叉横七竖八地刻花了树脂桌面以后，吕卡起身离开了咖啡馆，绕着那幢房子转了几圈，在街道上发现了一辆双座的克莱斯勒轿车。吕卡毫不客气地撬开了车锁，开着车来到了他的新办公室附近。从停车场的坡道往下走时，吕卡拿起了手机，他在车童面前停下了脚步，友好地举手示意车童等他打完电话。吕卡故意提高嗓门，假装告诉他的通话者说，他无意间听到埃德·赫特和一个漂亮女记者的对话：埃德对记者夸口说他才是集团真正的头脑，而他的合伙人只是唯命是从的双腿。吕卡大笑起来，打开车门，将钥匙递给了那个年轻人。车童提醒他说车锁坏了。"我知道，"吕卡故作无奈地答道，"现在到哪儿都不安全！"

车童没有漏过吕卡在电话里说的每一个字，他目送着吕卡朝集团大厦的方向走去，他会熟练地将车停好，埃德·赫特的私人助理将自己的轿车托付给了他而不是别人，这是值得骄傲的事。谣言在两小时之内就传到了 A&H 集团位于马克特街 666 号的总部的最高层，午休时间中断了它的传播。十三点十七分，安托尼奥·昂德里克怒气冲冲地冲进了埃德·赫特的办公室，十三点二十九分，安托尼奥甩门走出了他合伙人的房间，叫喊着他这"唯命是从的双腿"将去高尔夫球场轻松轻松，而那个"真正的头脑"将代他主持每月一次的营销经理会议。

吕卡在取车的时候暧昧地看了车童一眼，他和他的雇主约好了一小时后见面，所以他还有时间去转一转。吕卡按捺不住换一辆新车的欲望，同时处理掉他现在驾驶着的这辆车，毕竟码头离这儿并不太远。

❧❧❧

佐菲娅将汉娜送到了她的发型师那儿，答应两小时后来接她。这段时间里，她正好赶去盲人培训中心上历史课。当佐菲娅跨进教室门的时候，学生们都站了起来。

"别客气了，我是这个班里最年轻的，拜托你们都坐下吧！"

在一阵窃窃私语中，学生们都坐了下来。佐菲娅接着讲课，她打开了盲文课本，将书放在讲台上，开始朗读课文。佐菲娅喜欢这种阅读的方式，她用指尖辨认出了文字，靠触觉构成了语句，以掌心感受到文本的生命。对于那些自以为什么都看得见实际上却忽略了事物本质的人来说，盲人的世界显得如此神秘。铃声敲响的时候，佐菲娅已经讲完了课文，她和学生们约好了下周四再见。佐菲娅取了车，将汉娜送到了太平洋高地上的小屋，接着又穿过市区，把朱尔从诊所送回码头。朱尔腿上缠着厚厚一层绷带，佐菲娅觉得那模样像极了海盗，朱尔也毫不掩饰地表示他为此深感自豪。

"你是不是太累了？"朱尔问道。

"不，只不过有太多的事要做。"

"你总是忙个不停，跟我说说吧。"

"朱尔，我接受了一个可笑的挑战。如果您必须做一件大事，可以改变世界的大事，您会怎么做？"

"如果我是一个相信奇迹的空想家，我会说我要消灭全世界的饥饿，治愈一切疾病，禁止所有伤害儿童的行为，让各个地区和平相处，让地球上的人们学会宽容。我想我还会让他们不再受贫困的煎熬。是的，我将使这一切都变成现实……如果我是上帝的话！"

"您是否问过自己，为什么上帝没有做这些？"

"你知道得和我一样清楚，所有这些都不是他能做到的，他将地球托付给了人类，人类的意愿是最重要的。我们无法用一件事来改变一切，佐菲娅。原因很简单，因为与恶相反，善是无形的。计算和描述只会让善失去它高贵的含义。善是由无数个良好的意愿组成的，哪怕是微不足道的善行，日积月累，有一天也许就能改变整个世界。你随便问问谁，是哪五个人改变了人类的命运？我不清楚，这里面也许包括第一个民主制度的倡导者、抗生素的发明家或是和平的缔造者。奇怪的是，很少有人能记得他们的名字，然而要列举出五个独裁者倒不是一件难事。我们都听说过那些可怕的疾病，却很少有人清楚是谁发明了战胜它们的药物。所有人都以为恶的终点无非是地球的毁灭，然而他们却没有看到，在上帝创造世界的那一天，他已经完成了善的极致。"

"可是，朱尔，您究竟会怎样做，来完成一件了不起的善事？"

"你怎么做，我就会怎么做。我将希望寄托在我亲近的人身上，一切皆有可能。你刚才已经做了一件无比美妙的事，只是你自己还不知道。"

"我做了什么？"

"在开车经过我的桥洞的时候，你对我微笑了。没过多久，那个经常到这一带来吃午饭的警察开车经过了桥洞，他像往常一样阴沉着脸看了看我。我们四目相对之际，我将你的微笑传递给了他。在他离开的时候，我发现他的嘴角也挂着笑意。那么，也许他会将这个微笑带给他要去见的人。你现在明白你做了些什么了吧？你的微笑是人们情绪低落时的良药，如果所有人都像你一样，哪怕他们的脸上每天只露出一个微笑，也许快乐会不可思议地感染整个地球，你当然也就能赢得这次挑战。"

说完这些，年老体弱的朱尔忍不住用手捂住嘴咳嗽了起来："好吧，我对你说过我不是一个空想家，我只能对你把我送回这儿表示感谢。"流浪汉下了车，朝他的栖身之处走去，突然又转过身来，向佐菲娅招手示意："不管你有什么样的问题，相信自己的直觉，继续做你一直在做的事。"

佐菲娅困惑地问道:"朱尔,来这儿以前,您是做什么的?"

朱尔没有回答,他的身影消失在了桥洞底下。

午餐时间里,佐菲娅来到"渔夫之家",找到了工头芒卡。这一天中佐菲娅已经是第二次请人帮忙。芒卡还没有碰他盘里的食物,佐菲娅在他身边坐了下来:"您不喜欢煎鸡蛋了吗?"

芒卡俯身在她耳边悄悄说道:"玛蒂尔德不在的时候,这儿的东西一点味道都没有。"

"真巧,我就是为了她的事来找您的。"

半小时以后,佐菲娅带着芒卡和四个码头工人离开了海港。经过七号桥洞的时候,她猛地踩下了刹车,她认出了朱尔身边那个叼着香烟、衣着讲究的男人。坐在佐菲娅车上的两个码头工人和另外两个开着卡车跟着她的工人吃了一惊,不解地问她为什么要急刹车,佐菲娅没有回答,重新加速向旧金山纪念医院驶去。

❧

崭新的凌志车缓缓驶入了地下停车库,在一片阴暗的环境中,它的后视镜显得更加熠熠生辉。吕卡急匆匆地下了车,向着楼梯入口处走去。他看了看表,还有十分钟时间。

电梯停在了第十楼,经过安托尼奥·昂德里克的秘书伊丽莎白的办公室时，吕卡走了进去，在房间一角的沙发上坐了下来。女秘书连头都不抬，继续在她的电脑键盘上敲击。

"您工作得太投入了，不是吗？"

伊丽莎白给了吕卡一个微笑，又继续埋头工作。

"您知道在欧洲，工作时间是由法律规定的，"吕卡接着说道，"法国人甚至认为一周工作超过三十五小时，个人生活就不可能丰富多彩了。"

伊丽莎白站起身来，为自己倒了一杯咖啡。

"如果是他们自己愿意多干一点呢？"她问道。

"也不行，法国人注重的是生活的艺术。"

伊丽莎白回到了电脑屏幕前，冷冷地对吕卡说道："我四十八岁了，离了婚，两个孩子在上大学。我在索萨里多小城有一套小公寓，还在塔霍湖①边买了一个漂亮的小屋，两年后我就可以付清房款了。实话对您说，我不在乎在办公室里干多久，我喜欢我的工作，这可比站在商店橱窗前盯着我想要的东西，却发现因为自己工作不够勤奋而买不起它们要有意思得多。至于那些法国人，我要提醒您他们连蜗牛都吃！赫特先生在办公室里，他和您约好了下午两点钟见面……真巧，现在已经到两点了。"

吕卡朝着办公室门口走去，在拐进过道前转身说道："如果尝过蘸着蒜油吃的蜗牛，您就不会这么说了！"

_____

① 美国西部的著名旅游度假区。——译注

佐菲娅准备好了接玛蒂尔德回家，下午三点的检查显示玛蒂尔德的恢复情况良好，医生也同意她出院。玛蒂尔德和医院签了一份责任书，佐菲娅则保证一旦出现任何异常情况，她就陪同行动不便的玛蒂尔德来看急诊。

四个码头工人抬着玛蒂尔德往医院停车场走去，一路上开心地把她比作一只集装箱，不停地取笑她太过瘦弱。他们在卡车后面临时支起了一副担架，小心翼翼地把玛蒂尔德平放在上面。佐菲娅尽量减慢了车速，然而任何一次微弱的震动都能让玛蒂尔德感到伤腿和胯部剧烈地疼痛。

用了半小时车子才开到海港区，工人们将钢丝床从阁楼里抬下来，安放在佐菲娅的起居室里，芒卡将它推到了窗边，还把一张小圆桌移到床边代替床头柜。在芒卡的指挥下，玛蒂尔德被工人们从车上慢慢地抬下来，送上了楼梯。每登上一级台阶，玛蒂尔德害怕的尖叫声都让佐菲娅捏紧了拳头。工人们用高声的吆喝回应着玛蒂尔德的叫喊，在担架拐过楼梯转弯处的时候，两个女孩忍不住大笑了起来。工人们费尽周折，终于将他们最喜爱的女招待安置到了她的床上。

为了表示谢意，佐菲娅邀请工人们共进午餐。工头芒卡回答说这没有必要，玛蒂尔德在"渔夫之家"里为码头工人们殷勤周到地服务，他们所做的不过是一个小小的回报。佐菲娅只好开车把工人们送回了码头。当福特车驶远的时候，汉娜已经煮好了两杯咖啡，用银质雕花的托盘盛上几块饼干，端上楼去看望玛蒂尔德。

　　离开八十号码头的时候，佐菲娅决定开车在港口转一圈。她打开车里的收音机，调到了那个熟悉的电台，车厢里立刻回荡起路易斯·阿姆斯特朗[①]的歌声。《世界多么美好》是佐菲娅最喜爱的歌曲之一，她跟着这位老蓝调歌手轻轻哼唱了起来。福特车转过仓库，向着一排巨型起重机边上的桥洞驶去。佐菲娅加快了车速，在经过减速区的时候，汽车就像打嗝似的上下颠簸。佐菲娅禁不住微笑了起来，她打开车窗，任凭风吹乱了她的头发。佐菲娅调大了收音机的音量，歌声似乎将她包围了。她心情愉快地驾车绕过了竖在地上的一个又一个圆锥形的安全标志，朝着第七个桥洞驶去。当朱尔的身影出现在视野中时，佐菲娅挥手示意，朱尔也立刻向她打招呼，他身边没有别人……佐菲娅关掉了收音机，关上车窗，径直朝出口驶去。

❧

　　在经理们讨好似的掌声中，埃德·赫特离开了会议室，他刚才做出的承诺显然让他们惊喜得有些不知所措。埃德确信自己善于各种形式的交流，在这次会议上，他又像主持新闻发布会那样不厌其烦地宣扬了他狂妄自大的扩张主义。电梯开向十楼的时候，埃德暗自思忖：人事管理其实并不是一件难事，如果有必要，他独自一人也能掌握集团的命运。

[①] 路易斯·阿姆斯特朗（1901—1971），美国著名爵士乐人和摇滚歌手。——译注

想到这儿，欣喜若狂的埃德忍不住握拳向天，庆祝自己辉煌的胜利。

～～

高尔夫球将旗杆撞得微微摇晃，最终落入了球洞。安托尼奥·昂德里克打了一个漂亮的一杆进洞，欣喜若狂的他忍不住握拳向天，庆祝自己辉煌的胜利。

～～

吕卡意气风发地握拳向地，庆贺自己旗开得胜：副总裁的讲话在集团管理层中引起了前所未有的震动，在大厦下面几层楼里办公的普通职员也很快感受到了异乎寻常的紧张气氛。

埃德站在自动饮料机边，一看到吕卡，他立刻张开了双臂："多么完美的一次会议，不是吗？我和我的队伍太过疏远了，我必须弥补这一过失，因此我想请您帮个小忙。"

当晚埃德约好了和一个女记者见面，那位记者将在地区日报上发表一篇介绍他的文章。平生唯一一次，埃德愿意牺牲和媒体打交道的机会，腾出时间来和他忠实的部下聊聊。他刚刚邀请了集团的发展部长、市场总监和四个营销经理共进晚餐。鉴于吕卡同时也是安托尼奥的部下，埃德并没有告诉吕卡他这么做的真实目的。如果吕卡能代替他接受采访，他将不胜感激，从第三者嘴里说出来的溢美之词显然更具有说服力，再说吕卡也有必要度过一个愉快的晚上来放松放松。埃德友好地拍了拍吕卡的肩，以表示他对他这位新雇用的助理的能力充满了信心。埃德已经在位于渔港边的辛巴德海鲜酒家订好了座位，女记者九点钟到，浪漫的就餐环境、美味的螃蟹加上体面的账单，她应该能写出一篇漂亮的文章了。

～～～

　　安置好玛蒂尔德以后，佐菲娅又回到了旧金山纪念医院。这一次，她进入了住院部三号楼第三层病房。

　　儿科病房像往常一样人来人往，托马斯辨别出了佐菲娅的脚步声，小脸上绽放出了无比灿烂的笑容。对他来说，周三和周五是快乐无忧的日子。佐菲娅会来到他的病床边，抚摩着他的面颊，在掌心里印上一吻，轻轻地将这个吻吹向他（这是他们两人之间亲昵的暗号），然后打开书，翻到折了角的那一页，继续为他讲故事。佐菲娅离开以后，托马斯不允许任何人碰她放在床头柜抽屉里的那本书，托马斯就像捍卫自己的宝藏一样守护着它，佐菲娅不在的时候，连他自己都不准偷看一个字。这位因为接受治疗而掉光了头发的坚强的小男子汉比谁都珍惜和佐菲娅度过的美好时光，只有她才能给他讲完这个故事。除了佐菲娅，他不愿和别人一起分享兔子泰奥多尔的神奇经历。佐菲娅抑扬顿挫的朗读令每一个句子都显得那么美妙动听。有时，她会站起身来，在病房里来回踱步，用丰富的手势、音乐般的声音伴随她的讲述，把小男孩逗得开怀大笑。在那一小时中，童话故事中的人物似乎都来到了这间病房，用鲜活的生命力感染着身患重病的托马斯。即使从睡梦中醒来，他也会暂时忘却冰冷的墙壁、疾病的痛苦和对死亡的恐惧。

佐菲娅合上了书本，把书放好，看着紧锁眉头的托马斯说道："你好像有些不高兴？"

"没有。"孩子回答道。

"是不是没有完全听懂这个故事？"

"是的。"

"有什么不明白的？"她握住了托马斯的手问道。

"为什么你要给我讲这个故事？"

佐菲娅一时不知该怎样回答，托马斯却微笑着说："我知道。"他的小脸绯红，手指不停地摩挲着棉布床单，怯生生地低语道："因为你爱我！"

这一次，红晕染上了佐菲娅的双颊，她用分外温柔的声音说道："你说得很对，这正是我想对你说的。"

"为什么大人们总不肯说实话呢？"

"我想是因为事实让他们感到害怕了。"

"可你和他们不一样，不是吗？"

"我只能说我尽力而为，托马斯。"

佐菲娅用手托起了小男孩的下巴，轻轻地吻了他。托马斯把头深埋在她的怀里，紧紧地搂着她。亲密的告别仪式过后，佐菲娅朝着病房门口走去，托马斯最后一次叫住了她："我要死了吗？"

佐菲娅长久地凝视着小男孩深邃的目光，回答说："有可能。"

"有你在，我就不会死。好吧，星期五见！"孩子说道。

"星期五见！"佐菲娅将印在掌心里的吻吹向了托马斯。

佐菲娅又一次回到了码头，她要检查一艘海轮的卸货情况是否顺利。她走近了第一堆货箱，一个小细节引起了她的注意。她跪下来，在货箱上发现了一张显示货物冷藏情况的卫生标签，变成黑色的标签说明货物已经变质了。佐菲娅立刻拿起了她的对讲机呼叫五号频道，卫生检疫处无人应答。等候在一旁的冷冻车司机急着要将货物送往这个城市的各家餐馆。佐菲娅必须尽快找到解决的办法，她将对讲机调到了三号频道："芒卡，是佐菲娅，您在哪儿？"

对讲机里传出吱吱的声响："我在瞭望室，不用觉得奇怪，天气那么好，我都能看见中国的海岸线了。"

"我正在检查那艘名为瓦斯克·德伽玛的货船，您能尽快到这儿来看看吗？"

"有什么问题吗？"

"最好等您来了再说。"佐菲娅说完挂断了对讲机。

起重机不停地将船上的货箱移向地面，佐菲娅就在一边等着，几分钟后，芒卡开车赶了过来。

"好吧，有什么我能效劳的？"芒卡问道。

"那架起重机下面的十箱海虾已经变质了。"

"那又怎样呢？"

"您知道，卫生检疫处没有人，我也联系不上他们。"

"我家里养着两条狗和一只仓鼠，可我还没成为动物卫生专家，您又怎么会对海虾海蟹那么有研究？"

佐菲娅将黑色的标签递给了芒卡："海虾是否新鲜我还是能看出来的！如果我们不管这事，今天晚上它们就会被运往市里的餐馆，后果不堪设想……"

"是的，除了乖乖地待在家里啃牛排，您又能指望我做些什么？"

"如果明天孩子们在学校食堂里也吃了这些海虾呢？"

佐菲娅的话起到了效果，在芒卡眼里，儿童是神圣不可侵犯的，他决不能忍受孩子们成为受害者。芒卡摸了摸下巴，盯着佐菲娅看了几分钟后说道："好吧！"他拿过佐菲娅的对讲机，转换了频道，对起重机司机下了命令："萨米，停止卸货！"

"是你吗，芒卡？我正吊着三百公斤的货呢，能等一等吗？"

"不行！"

起重机臂带着悬挂在半空的货箱，缓慢地改变了方向，最终在海面上停了下来。

"很好！"芒卡对着对讲机说道，"现在我让首席安全检查官跟你说话，她刚刚发现了你操作过程中的一个重大失误。她会命令你立刻停止卸货，免得你担负个人责任。你必须马上照办，因为这是她职权范围内的事！"

芒卡一脸坏笑地将对讲机递给了佐菲娅，佐菲娅犹豫了片刻，清清嗓子，向起重机司机发布了停工的指令。随着一声轰响，起重机的吊钩松开了，一箱箱海虾落到了海水里。芒卡重新上了车，在发动汽车的时候，他故意挂了倒挡，小车将已经卸载上岸的货箱掀翻在地。他将车开到佐菲娅面前停了下来："如果今晚海里的鱼儿因为吃了那些海虾而得了病，那就是您的问题了。我可不愿听到这样的事，保险纠纷也别找我！"

芒卡的车悄无声息地驶远了。下午的时光快要走到尽头了，佐菲娅穿过市区，去里士满北部四十五大街上的面包店为玛蒂尔德买她最喜欢的杏仁甜饼，顺便再买些别的东西。

一小时以后，佐菲娅怀抱着一堆东西回到了家。她走上了楼梯，用脚尖踢开房门，屋里和平常没什么两样。佐菲娅径直来到厨房，将一个个棕色的购物袋放到木桌上，这才喘了一口气。她抬起头，发现汉娜和玛蒂尔德正用奇怪的眼神望着她。

"你们在笑些什么，能说给我听听吗？"佐菲娅问道。

"我们没笑。"玛蒂尔德反驳道。

"还没开始，但看你们两人的神情，我打赌你们就快忍不住笑出声来了！"

"有人送花给你！"汉娜紧咬着嘴唇说道。

佐菲娅来回打量着她的这两个朋友。

"汉娜把花放在浴室里了。"玛蒂尔德好不容易才憋住了没笑出声来。

"为什么要放在浴室里?"佐菲娅更加疑惑不解了。

"我想是因为那儿够潮湿!"玛蒂尔德眉开眼笑地回答道。

佐菲娅掀开浴帘,背后传来了汉娜的声音:"这种花需要很多水分!"

屋子里有片刻的寂静,当佐菲娅询问是谁那么多情地给她送来一枝睡莲的时候,客厅里立刻响起了汉娜的笑声,玛蒂尔德也跟着大笑起来。不久,汉娜终于恢复了往日的风度,平静地告诉佐菲娅在水池边上有送花人的留言。佐菲娅半信半疑地打开了信封,留言写道:非常遗憾,因为工作原因,我不得不改天和您共进晚餐了。为了请求您的原谅,请今晚七点半来昂巴卡德罗酒吧间和我一起喝杯开胃酒。我等待着您的出现,不见不散。

字条的一角有吕卡的签名,佐菲娅将字条揉成一团丢进垃圾箱,走回到客厅里。

"究竟是什么人?"玛蒂尔德一边擦拭着大笑时渗出的眼泪,一边问道。

佐菲娅走到衣柜前,用力打开橱门,套上了一件长袖羊毛开衫,拿起放在门边小圆桌上的钥匙串。在出门前,佐菲娅转身告诉汉娜和玛蒂尔德说她为她们两个相处融洽而感到高兴,厨房桌上有为今天晚餐准备的东西,她还有工作要完成,可能会回来得晚一些。佐菲娅假装平静地离开了家,在房门关闭以前,汉娜和玛蒂尔德听到从楼梯口传来了冷冰冰的一句："祝晚上愉快！"几秒钟后，福特车的马达开始轰鸣，玛蒂尔德笑眯眯地看着汉娜问道："您觉得她真的生气了吗？"

"你呢，你曾经收到过睡莲花吗？"汉娜也抬手擦拭着她潮湿的眼角。

佐菲娅将车开得飞快，她打开收音机，气愤地嘟囔道："好呀，他简直把我当成了一只愚蠢的青蛙！"

在第三个十字路口，佐菲娅猛地摁下了汽车喇叭，挡在她车前的一位行人笨拙地用手示意她红灯还亮着。佐菲娅从车窗里探出头去，对他喊道："对不起，您走错了道，还有点色盲！"

佐菲娅踩下油门，风驰电掣般地向海岸驶去。"什么工作原因，他以为他是谁！"她继续埋怨道。

佐菲娅到达八十号码头的时候，警卫从他的岗亭里走出来告诉她芒卡留下了口信，说有急事要见她。佐菲娅看看表，急忙赶往工头的办公室。一进门，看到芒卡的脸色，她就猜到码头发生了事故。芒卡告诉她说，一位名叫戈梅的货舱监装员摔伤了，可能是梯子破损的缘故，货舱底部零散的货物也没能阻止他的跌落。戈梅伤得很重，已经被送往医院了。事故的原因使码头工人们群情激愤，当时佐菲娅并不当班，但她还是觉得自己应该对此负责。悲剧发生后，港口的气氛越来越紧张，罢工的风声已经传遍了八十号和九十六号码头。为了稳定工人们的情绪，芒卡允诺将那艘货船扣在码头进行调查，如果调查结果证实了工人们的猜测，工会将追究船主的民事责任。为了避免一场大罢工，芒卡还邀请了码头工人联盟的三位领导今晚一起吃饭。他神情严肃地从笔记本中撕下了一小张纸，写下了饭店的名字："最好您也能来，晚上九点，我订好了座位。"佐菲娅接过芒卡递来的字条，离开了他的办公室。

码头上刮来的寒风抽打着佐菲娅的脸颊，她深深呼吸了一口冰冷的空气，又缓缓地叹了一口气。一只海鸥从远处飞来，停在缆绳上，晃动着的绳子嘎吱作响。海鸥低下了头，凝视着佐菲娅。

"是你吗，加布里埃尔？"佐菲娅怯怯地问道。

海鸥高声鸣叫着飞向了天空。"不，不是你……"

佐菲娅沿着海边漫步，她感到了前所未有的压抑，忧伤如同此起彼伏的浪花笼罩着她。

"出什么事了？"朱尔的声音让佐菲娅吃了一惊。

"我没注意到您也在这儿。"

"我却听到了你的脚步声。"老人走近了佐菲娅，"这时候你来海边做什么，你已经下班了！"

"我来这儿想安静一下，今天发生了很多事。"

"好吧，不要只看到表面现象，你知道它们经常能让人产生错觉。"

佐菲娅耸耸肩，在通向海水的台阶的最高层坐下来，朱尔也坐在了她的身边。

"您的腿不疼了吗？"她问道。

"别管我的腿了好吗，究竟发生了什么事？"

"我想我是累了。"

"你从来都不知疲倦……跟我说说吧！"

"我也不知道自己怎么了，朱尔……我只是觉得有些厌倦……"

"这很正常。"

"您为什么这么说？"

"没什么，我只是这么觉得。是什么让你变得忧郁起来？"

"我自己也不知道。"

"我们从来都看不见忧郁的小虫从何而来，它突然停落在我们的身上，而第二天早晨，它就飞走了，谁也不知道是为了什么。"

朱尔努力着想要站起来，佐菲娅伸手帮他站稳了身体。老人扮了个鬼脸："已经是七点一刻了……我想你该走了。"

"您为什么这么说？"

"不要再问这个问题了！就算是天晚了的缘故吧。祝你今晚过得愉快，佐菲娅。"

朱尔走远了，病腿似乎并没有影响他的行动。钻进桥洞之前，他又转过身，对佐菲娅喊道："那个令你忧郁的男孩的头发是金色的还是褐色的？"流浪汉说完便消失在了黑暗中，留下佐菲娅独自站在停车场上。

佐菲娅拧动了车钥匙，第一次尝试没有让她看到任何希望，在车灯微弱的光线下，她几乎都看不清海轮的船头，发动机发出了人们用手搅拌土豆泥般的声响。佐菲娅下了车，狠狠推上了车门，朝着警卫亭走去。她竖起了外套的领子，懊恼地骂道："真是倒霉透顶！"

一刻钟以后，出租车把佐菲娅送到了昂巴卡德罗中心，她奔跑着踏上了自动扶梯，走向了旅店的大堂，在那儿乘直达电梯来到了顶楼。

酒吧间位于缓缓旋转的景观厅，半小时以内，东面的阿拉塔兹岛、南面的海滨大桥和西面高楼密布的金融中心就能尽收眼底。如果座位正对着玻璃窗，佐菲娅还能看到雄伟的金门大桥、桥两岸郁郁葱葱的普里斯迪欧公园和索萨里多港长满青苔的悬崖，可惜吕卡已经占据了那个好位子……

吕卡合上了菜单，打着响指召唤侍者。佐菲娅低下了头，吕卡将啃得干干净净的橄榄核吐在了手掌心里："这儿的价格贵得离谱，不过我承认风景很不错。"他说着又往嘴里塞进了一颗橄榄。

"是的，您说得很对，风景确实迷人。"佐菲娅说道，"我甚至可以从对面玻璃窗的一角里看到金门大桥，但愿那不是盥洗室大门的倒影，那道门也是红色的。"

吕卡伸伸舌头，斜着眼想要找到佐菲娅所说的那个角落，他又吐出了一个光滑的橄榄核，用手接住，扔在了装面包的小盘里，总结道："天黑了就什么都看不清了，不是吗？"

侍者颤抖的双手将一杯马蒂尼酒和两份海蟹色拉端放到了他们的餐桌上，便急匆匆地走开了。

"您不觉得他有些紧张吗？"佐菲娅问道。

因为让他等了十分钟，吕卡对侍者发了脾气："相信我，既然价格昂贵，我就有权利苛刻一些。"

"您肯定拥有一张黄金信用卡！"佐菲娅针锋相对地答道。

"当然有，您是怎么知道的？"吕卡惊喜地问道。

"金卡会让人变得狂妄自大……相信我，账单上的数目和这个餐厅员工的收入可没有联系。"

"您说的也许有理。"吕卡咀嚼着橄榄答道。

从那时开始，每当吕卡向侍者要杏仁，或是再点一杯酒，或是要求更换干净盘子时，他都努力地从嗓子里挤出几声"谢谢"。这似乎让他难受得要命，佐菲娅开始担心吕卡是否身体不适，吕卡放声大笑了起来，能认识佐菲娅让他感到非常高兴，世界上所有的事物也因此显得格外美好。嚼完了十七颗橄榄之后，吕卡结了账，还是没有留下小费。在离开那座大厦的时候，佐菲娅偷偷地将一张五美元的钱币塞到了替吕卡取回了车的侍者手里。

"我送您吧？"吕卡说道。

"不用了，我坐出租车走。"

吕卡夸张地打开了车门："上车吧，我送您去。"

吕卡将马达踩得嗡嗡作响，敞篷车风驰电掣般地驶上了路，他把一张唱片插入了音响，嘴角带笑地从口袋里掏出一张白金信用卡，用拇指和食指夹住它不停地摇晃："您会知道，信用卡也不是个坏东西！"

佐菲娅盯着吕卡看了几秒钟，一把抢过他手中的镀金塑料卡片，从车窗扔了出去。"好像二十四小时以内银行就能重新办好一张这样的卡！"

轿车在轮胎的摩擦声中迅速减慢了速度，吕卡大笑着说道："幽默的女人真是魅力无穷！"

吕卡在出租车站前停了下来，佐菲娅转动了车钥匙，震耳欲聋的马达轰鸣声平息了下来。她下了车，小心地关上了车门。

"您真的不要我送您回家吗？"吕卡问道。

"非常感谢，但我还有一个约会，可是我确实想请您帮个忙。"

"愿意效劳！"

佐菲娅探下身，俯在车窗前说道："您能不能等我转过那个路口再发动您这辆像巨型除草机一样烦人的汽车？"

说完，佐菲娅向后退了一步，吕卡抓住了她的手腕说道："今晚我过得很愉快。"他恳求佐菲娅能接受他下次补请午餐，因为他性格腼腆，最初的几次约会总显得有些尴尬，佐菲娅应该给他们一个机会以进一步了解对方。吕卡竟然说自己腼腆，佐菲娅惊愕得哑口无言。

"我们不能只凭第一印象来判断一个人，不是吗？"

说这句话时，吕卡的声音里竟然充满了魅力……佐菲娅答应和他吃顿饭，仅此而已。她刚转身朝停在最前面的一辆出租车走去，身后已经传来了吕卡那辆十二汽缸轿车的轰鸣声。

* * *

出租车停靠在了人行道边，格雷斯大教堂敲响了晚上九点的钟声，佐菲娅按时到达了辛巴德餐馆，她合上菜单递给了女招待，吞了一口水，准备立刻进入主题，她必须说服工会的三位代表阻止码头工人们正在酝酿的罢工。

"即使得到了你们的支持，工人拿不到工资，他们也坚持不了一个星期。如果码头停止作业，货船就会停靠到对面的海港，你们会因此毁了码头的。"佐菲娅的分析不乏逻辑。

旧金山港的确遭到了毗邻的奥克兰港①的激烈竞争，如果码头封锁，货运公司可能就会放弃使用旧金山港。地产商十年来一直虎视眈眈地觊觎着这片整个城市中风景最优美的土地，工人们的罢工无疑会把自己像小红帽一样送入狼口。

为了捍卫她的事业，佐菲娅又劝说道："在纽约和巴尔的摩都曾发生过这样的事情，我们的海港也可能重蹈覆辙。"

一旦货运码头被关闭，承受灾难性打击的将不仅仅是码头工人。不久后，每天将会有川流不息的货车驶过跨海大桥，把通向半岛的各个入口挤得水泄不通。人们不得不辛苦地早早起来上班，披星戴月回家，用不了六个月，许多人就会选择将家搬到更南边的地方。

"您难道不觉得您考虑得太多了吗？"一位工会代表问道，"我们只不过想要提高事故赔偿金而已！再说，我认为奥克兰港的同事们也会和我们保持团结一致。"

"这就是人们所说的蝴蝶效应。"佐菲娅撕下了餐巾纸的一角，继续坚持自己的观点。

"这又关蝴蝶什么事？"芒卡问道。

坐在他们身后的一位穿着黑色西服的男人转过身来，加入了他们

---

① 美国加利福尼亚州西部的海港，位于金门海峡东南端。——译注

的谈话。佐菲娅认出了那人就是吕卡，她全身的血液似乎都凝结了。

"这是一个地球物理学理论，说的是亚马孙河的一只蝴蝶偶尔扇动翅膀，会引起微弱气流的产生，造成周围空气系统的变化，由此引起的连锁反应甚至有可能让佛罗里达海岸遭受一场飓风的袭击。"

工会代表们面面相觑，沉默不语，对这样的理论心存怀疑。芒卡将一大块面包蘸上了蛋黄酱，深深地吸了一口那甜美的香味，才幽默地表示了自己的惊讶："即使被越南人当成傻瓜，我们也能借用这个理论去消灭那儿的蝴蝶，这样我们在那儿就不会无所事事了。"

吕卡向佐菲娅打了个招呼，又将身子转向了正在采访他的女记者。佐菲娅的脸涨得绯红，仿佛是一朵盛开的牡丹。一位工会代表问她是否对海鲜过敏，因为她一点都没有碰餐盘里的食物。佐菲娅解释说她只是有些不舒服，请他们将她的那份食物分了。她让工会代表们再认真考虑一下罢工的事，以免犯下不可挽回的错误，她感到身体不适，只能提前离开了。

佐菲娅离去的时候，芒卡和代表们站起来向她告别。经过吕卡的餐桌时，佐菲娅弯下身子，紧盯着那位年轻女人。女记者吃惊地将身子一仰，差点向后翻倒在地上。佐菲娅对她挤出了一个微笑："他一定非常喜欢您，才把面窗的座位留给了您。当然，您的金色头发的确迷人。祝你们二位今晚交流愉快！"

话音刚落，佐菲娅头也不回地朝着存衣处走去。吕卡赶紧追上去，拽住了佐菲娅的胳膊，强迫她转过身来。

"您这是怎么了？"

"工作原因，听上去真是冠冕堂皇。只要您愿意，随便找个借口一点也不难，不是吗？"

"她是一名记者。"

"是吗？那我也能算是记者了：每个星期天，我都会把这周记下来的事情写到我的日记本里去。"

"埃米是一个真正的记者。"

"哦，好吧，我们的政府官员现在正忙着和埃米交流呢。"

"事实如此，但别说得那么大声，您会让我们失去登上封面的机会。"

"我猜是她那份杂志的封面吧？还是为她要份甜点吧，我在菜单上看到有不到六美元一份的。"

"这是我的任务，该死的！"

"真是一个好消息！以后，当我做了祖母的时候，我会对我的孙儿们说，有一天晚上我和詹姆斯·邦德一起喝了开胃酒，您退休以后总可以将军情局的秘密公之于众了吧？"

"好了，够了！如此说来，您难道从来不和三两个中学同学共进晚餐吗？"

"说得好，说得真好，吕卡。注意看，您邀请的客人魅力非凡。"佐菲娅说道，"她长着一个漂亮的大脑袋，纤细的头颈就像小鸟的脖子。在四十八小时以内，这个幸运的女人将会收到一个用柳条编织起来的精致的鸟笼。"

"您这是话中有话，您不喜欢我送的睡莲吗？"

"恰恰相反！您没有一起送上玻璃缸和湿度计，我已经感激不尽了！好了，赶紧回去吧！她已经难以忍受了，一个男人让被他邀请的女人感到厌倦真是件可怕的事情，相信我的话，对此我深有体会。"

佐菲娅转过身去，餐馆的大门在她背后缓缓地合上了。吕卡耸耸肩，瞥了一眼佐菲娅刚刚离去的餐桌，回到了他的客人身边。

"那是谁？"女记者不耐烦地问道。

"一个朋友。"

"也许是我多管闲事了，怎么看她都不像是您的朋友。"

"这的确与您无关！"

整个晚餐期间，吕卡喋喋不休地向女记者吹嘘着他的雇主。他解释说，和普遍的看法相反，A&H 集团令人瞩目的腾飞应该归功于埃德·赫特，对合作伙伴无人能及的赤胆忠心和有口皆碑的谦逊平和令副总裁满足于二号人物的地位，对于赫特来说，集团事业的发展才是最重要的。然而，在这个双头巨人般的庞大机构中，进行思考、做出决策的是赫特，只有他才是真正的主角。女记者十指翻飞，在手提电脑的键盘上熟练地敲击。吕卡虚情假意地夸赞女记者那双美丽的蓝眼睛具有令人无法抵御的魔力，他请求埃米不要将他无意间透露的集团内部秘密写进报道中去。吕卡凑过身去，为女记者斟了一杯酒。埃米要求吕卡再告诉她一些 A&H 集团不为人知的内情，吕卡大笑着回答说他还没有醉到说话不知轻重的地步。埃米整理了一下滑落到肩头的丝绸内衣吊带，轻声问吕卡究竟什么才能令他心醉神迷。

⌘

佐菲娅蹑手蹑脚地迈上台阶。夜已经深了，汉娜的房门还半开着。佐菲娅轻轻地推开门，地毯上没有摊开的影集，也没有盛着饼干的银盘，萨兰登小姐坐在躺椅里等着佐菲娅。佐菲娅走了进去。

"这个年轻人讨你喜欢，不是吗？"

"您说的是谁？"

"不要装傻了！当然是那个送睡莲的男人，今晚你去见他了！"

"我们只不过在一起喝了一杯，怎么了？"

"我不喜欢他，仅此而已。"

"我向您保证，我也不喜欢那个人，他简直面目可憎。"

"我说得一点不错，你喜欢他！"

"噢！不！他是那么粗俗、狂妄和自负！"

"我的上帝，她已经坠入爱河了！"汉娜振臂惊呼。

"绝对没有！我只不过觉得他过得不快乐，想要帮帮他。"

"看来情况比我想的还要糟糕！"汉娜又将双臂伸向了天空。

"别乱猜了！"佐菲娅苦笑着说道。

"小声点！你要把玛蒂尔德吵醒了。"

"不管怎么说，是您不厌其烦地对我说应该找一个人来分享生活！"

"我亲爱的，所有犹太母亲在她们的孩子单身时都会这么说，可是真到了孩子们带着爱人回到家中的那一天，她们才会发现自己以前是言不由衷。"

"您可不是犹太人，汉娜！"

"那又怎样？"

汉娜站了起来，从碗橱里拿出了小托盘，打开了糕点盒，将三块饼干放在银盘里，命令佐菲娅至少要陪着她吃一块，以回报她这一晚艰辛的等待。

"坐下来，告诉我一切！"汉娜将身子深深地陷在躺椅里说道。

她一言不发地倾听着佐菲娅的叙述，努力分析着这个和佐菲娅多次不期而遇的男人究竟有何企图。她用探询的目光注视着佐菲娅，除了不时要求佐菲娅递上一块饼干，始终保持着沉默。平时，汉娜只在饭后吃一些甜点，而现在她明显需要大量的糖分来维持她的思考。

"再跟我说说他长什么样。"汉娜咬了一口饼干，继续问道。

佐菲娅被房东太太的追根究底逗笑了。她完全可以借口时间太晚而结束谈话，离开汉娜的房间，然而她对自己说，在这寂静的夜里，一个熟悉的声音的陪伴也许比双手的爱抚更让人放松。当佐菲娅胸怀坦诚地回答着汉娜提出的问题时，她惊奇地发现，除了极富逻辑的推理能力，在那个和她共度晚间时光的男人身上竟然找不到别的任何优点。

汉娜轻轻敲打着佐菲娅的膝盖："你们的相遇并非出于偶然。你身处危险之中，自己却还不知情！"

佐菲娅并没有领会她话中的意思，于是老妇人靠在躺椅上解释道："爱情已经进入了你的血液，它将占据你的心灵，激发你蕴蓄了多年的激情，让你对未来充满希望。爱情的征服是最自私的。"

"汉娜，您想错了。"

"不，是你自己快要迷失方向了。我知道，也许你觉得我是个啰里啰唆的老太婆，但你会体会到我对你所说的一切。每一天，每一个小时，你都提醒自己要学会抗拒、矜持和躲避，但对于爱人的渴望比任何毒品都更加强烈。我所能要求你的，就是不再欺骗自己。爱情占据了你的大脑，任何东西都无法代替它，就算再理智也无济于事，而时间会成为你最大的敌人。找到理想中的爱人，只有这个念头才能帮助你克服恐惧。不要错过真爱，不再迷失自己，这是生命中最难做出的选择。"

"您为什么要对我说这些，汉娜？"

汉娜凝视着书柜中的一本影集，眼中掠过了一丝忧伤的神色："因为我的生命已经快走到尽头了！要么在孤独中度过一生，要么为了爱情而勇往直前！不要作假，放弃虚伪，最重要的是不向命运妥协！"

佐菲娅用手指缠绕着地毯的流苏，汉娜温柔地看着她，抚摸着她的头发："好了，别板着个脸了！有时候，爱情故事也会有完美的结局！去吧，聊了那么久，我都不敢看时间了。"

佐菲娅轻轻合上汉娜的房门，上楼回到了自己的房间，睡梦中的玛蒂尔德如同天使般宁静安详。

＊＊＊

　　两只晶莹剔透的水晶酒杯碰在一起，发出清脆的声音。吕卡深陷在套房的沙发上，夸口说自己调制的鸡尾酒具有职业水准。埃米举起杯，啜吸着醉人的液体，用眼神表示了她的赞许。吕卡异常温柔地对埃米低语，他无比嫉妒在她嘴里融化的盐粒。埃米将盐粒嚼得粉碎，品尝着那奇异的滋味，而吕卡的舌尖却滑上了埃米的嘴唇，不停地深入、深入……

＊＊＊

　　佐菲娅没有点灯，她在黑暗中穿过客厅，来到窗边。她轻轻推开了窗户，坐在窗台上，眺望着波涛起伏的大海。轻柔的海风掠过了这个城市，佐菲娅深深地呼吸了一口咸腥而潮湿的空气，心事重重地凝望着天空，无尽的苍穹里没有一丝星光。

　　曾经有一个夜晚，曾经有一个清晨……

第 三 日

这是世上最美丽的一个故事：

上帝的礼物是上帝赐予你的人，是你生命的另一半，你的真爱。

生命的全部意义就在于从芸芸众生中找到你的爱人。

吕卡一丝不挂地躺在床上，伸出手徒劳地摸索着被子。他睁开眼，摩挲着新长出来的胡须。他闻到了自己的呼吸，香烟和酒精混合的气味实在令人不敢恭维。闹钟显示现在是早上六点二十一分，吕卡身边的枕头还保留着被压过的痕迹。吕卡站起身来，赤身裸体地朝客厅走去，看见用被子将自己裹得严严实实的埃米正从果盘中拿起一个苹果，津津有味地咀嚼起来。

　　"是我吵醒了你吗？"她问吕卡。

　　"不完全是。这地方有咖啡喝吗？"

　　"我已经自作主张让客房服务送咖啡上来了，我去冲个澡就该走了。"

　　"如果不是太麻烦的话，我希望你能回家去冲澡，否则我会迟到太久的！"吕卡答道。

　　埃米惊讶得说不出话来，她立刻走进卧室，捡起了四处散落的衣物，匆匆忙忙地套上衣服，拎起皮鞋，跑向了通往房门的过道。吕卡从浴室里探出头来问道："你不想再喝点咖啡吗？"

"不，咖啡我也可以回家再喝，多谢你的苹果！"

"这没什么，你还想再来一个吗？"

"不，一个就够了。昨晚我过得很愉快，祝一天顺利！"

埃米抽出了链条锁，伸手去转动门把手，吕卡走近她问道："我能提一个问题吗？"

"我听着呢。"

"你最喜欢什么花？"

"吕卡，你很有个性，只可惜品位太低。你的双手说明你是个情场老手，昨天我的确度过了一个销魂的夜晚，但我们就到此为止吧！"

正要离开客房的时候，埃米迎面碰上了托着早餐的侍者。吕卡盯着她问道："咖啡已经到了，你确实不想喝一杯吗？"

"不必了！"

"别生气，告诉我，你喜欢什么花？"

埃米深吸了一口气，很明显，她已经被激怒了："送花这种事情不该问当事人，那样会显得毫无情调。到了这个年纪，你难道还不知道？"

"我当然知道，"吕卡像个怄气的孩子般答道，"可惜你并不是那个当事人！"

埃米猛地转过身去，差点撞到了一直在门前等候的侍者。吕卡和侍者站在门口，听见埃米的声音从走廊深处传来："我喜欢仙人掌，但愿你就一屁股坐在它上面吧！"

两个男人沉默不语，目送着埃米的身影消失在走廊尽头。清脆的电梯铃声响了起来，在电梯门合拢以前，埃米又喊道："最后一件事，吕卡，你还没穿衣服呢！"

⤳⤳

"你昨晚一夜没合眼吗？"

"我一向睡得很少……"

"佐菲娅，什么事让你担心了？"

"没什么。"

"你就是不说，作为朋友，我也能猜到些什么。"

"我的工作太忙了，玛蒂尔德，都不知道该从何做起。我害怕力不从心，辜负大家对我的期望。"

"这是我第一次听到你对自己的能力表示怀疑。"

"那就说明我们正在成为真正的朋友。"

佐菲娅走到厨房一角的木桌前，往电水壶里注满了水。玛蒂尔德半躺在客厅的床上，透过清晨的蒙蒙细雨看着窗外的景色。灰暗的天空里飘荡着忧伤的云朵，太阳却依旧在海面上冉冉升起。

"我讨厌十月。"玛蒂尔德说道。

"十月怎么了？"

"这是一个埋葬了夏天的月份。秋天里一切都是那么令人沮丧：白天越来越短，阳光时有时无，寒冷将至未至，人们只能看着一大堆派不上用场的毛衣而着急。秋天是一个慵懒的季节，只有潮湿的空气和没完没了的雨水。"

"你竟然还说我睡得不好呢！"

开始微微颤动的电水壶自动切开了电源，沸腾的水渐渐平息了下来。佐菲娅打开铁罐，拿出一包"老伯爵"，泡上一大杯热气腾腾的红茶。她用托盘装好了为玛蒂尔德准备的早餐，捡起汉娜像往常一样从门缝里塞进来的报纸，一起送到女友面前。她扶着玛蒂尔德坐了起来，将枕头放在她背后，然后朝自己的房间走去。玛蒂尔德推开了窗户，夏末秋初湿润的空气立刻渗入了她的伤腿，一阵针扎般的刺痛让她的脸扭曲得变了形。

"昨晚我又遇见了那个送睡莲的男人！"佐菲娅在浴室里喊道。

"你们简直难舍难分了。"玛蒂尔德同样大声地回答道。

"说什么呢！他正好也在我去的那家餐馆吃晚饭。"

"和谁呢？"

"一个金发女郎。"

"什么样的女人？"

"长着金色的头发。"

"除此以外呢？"

"是那种只要你想追就不难追到手的女人，因为她永远都穿着高跟鞋。"

"你和他谈过吗？"

"随便聊了几句。他辩解说那女人是个记者，当时他正在接受采访。"

佐菲娅走进浴室，拧开了嘎吱作响的老式龙头，狠狠地敲击一下淋浴头。淋浴头发出两声咳嗽般的声响之后，哗哗的水流便冲向了她的身体。玛蒂尔德翻开了《旧金山日报》，一张照片引起了她的注意。

"他并没有说谎。"玛蒂尔德喊道。

佐菲娅正将一大团香波往头发上抹，她睁开了眼，抬手想要擦去泡沫，却被更多的香波刺痛了眼睛。

"除了女记者的头发应该是栗色的……"玛蒂尔德继续说道，"长得也不错！"

浴室里的流水声突然停了下来，佐菲娅随即冲到了客厅，腰间扎了一块浴巾，头发上还沾满了泡沫。

"你说什么？"

玛蒂尔德注视着她的朋友："你的胸真美！"

佐菲娅误解了她的话，回答道："圣人总是美丽的，否则他们就不能被称为圣人了！"①

"每天早上，我都会在镜子前试着对自己说这话。"

---

① 在法语中，les seins（乳房）和 les saints（圣人）发音相同。——译注

"你究竟在说什么，玛蒂尔德？"

"说你的乳房！真希望我的也能那么丰满！"

佐菲娅急忙双臂交叉，掩住了胸部："在这之前，你说了些什么？"

"这就是你都来不及冲洗干净，就迫不及待地从浴室里冲出来的原因吧！"玛蒂尔德摇晃着手中的报纸揶揄道。

"那篇文章已经见报了吗？"

"电脑和网络的功劳。你接受了一个采访，几小时以后，你的照片就会刊登在报纸头版上。可是到了第二天，人们就会拿那张报纸来包鱼了！"

佐菲娅想从玛蒂尔德手中接过那张报纸，玛蒂尔德却躲闪了一下："别碰报纸！你的手湿漉漉的！"接着，她开始为佐菲娅高声朗读起了那篇题为《A&H 集团真正的腾飞》的文章，报道中充满了为埃德·赫特歌功颂德的言辞，女记者用了三十行文字描述赫特的职业生涯和他对本地区经济飞速发展做出的杰出贡献，文章的结论是，那个从五十年代的一家小公司发展而来的巨型房地产集团如今的发展全仰仗着埃德·赫特这位伟大的人物。

佐菲娅终于从玛蒂尔德手中抢过了报纸，读完了那篇文章，报纸还刊登了作为撰稿人的埃米·斯蒂文的彩照。佐菲娅合上报纸，掩饰不住嘴角的笑意说道："她的头发是金色的。"

"你还会去见他吗？"

"我答应了和他吃一顿午饭。"

"什么时候？"

"星期三。"

"星期三几点？"

佐菲娅回答说吕卡会在正午时分来接她。玛蒂尔德点点头，用手指着浴室门说道："也就是两小时以后。"

"今天是星期三吗？"佐菲娅赶紧收拾起自己的东西。

"报纸上是这么说的。"

几分钟以后，佐菲娅从更衣室里走了出来，她身着牛仔裤和粗针毛线衫，来到玛蒂尔德面前，不露声色地等待着女友的称赞。玛蒂尔德瞥了她一眼，什么都没说，又低下头去看报纸。

"有什么不对吗？颜色不协调吗？是这条牛仔裤不好吗？"佐菲娅问道。

"还是等你把头发冲干净了再说吧。"玛蒂尔德翻阅着电视节目表答道。

佐菲娅盯着壁炉上方穿衣镜里自己的身影看了一会儿，脱去毛线衣，转过身，沮丧地向浴室走去。

"我还是第一次看到你为自己的穿着担心……我倒要看看，你还怎么说他不讨你喜欢啦，他不是适合你的那种人，这个人太阴沉了一类的话！"玛蒂尔德又说道。

房门被推开了，汉娜走了进来，手臂上挽着一个装满了新鲜蔬菜的篮子，篮子里还有一个用漂亮的丝带包扎起来的点心盒。

"今天的天气就像个任性的女孩，都不知道换了几身衣服了。"汉娜从纸盒里拿出糕点放在托盘上。

"不仅仅天气是这样！"玛蒂尔德故作神秘地说道。

佐菲娅披散着蓬松而柔软的头发从浴室里走了出来，她套上了长裤，蹲下身去系网球鞋的鞋带。

"你要出去吗？"汉娜转身问道。

"我和别人约好了一起吃午饭。"佐菲娅一边回答一边吻了吻汉娜的脸颊。

"那好，我来陪玛蒂尔德吧，如果她愿意和我待在一起的话，就算她嫌我烦也没关系，因为我一个人在楼下会更心烦。"

街道上传来了一串喇叭声，玛蒂尔德俯在窗前向外望去。

"今天果真是星期三！"玛蒂尔德说道。

"是他吗？"佐菲娅问道。

"不，是联邦快递公司！他们现在都开着保时捷敞篷车来送邮件了。自从汤姆·汉克斯扮演了速递员，他们真是百无禁忌了！"

又传来了两声汽车喇叭响，佐菲娅拥抱了汉娜和玛蒂尔德，快步走下了楼梯。

吕卡坐在驾驶座上，摘下了墨镜，对佐菲娅露出了开心的微笑。佐菲娅刚拉上车门，小车便朝着太平洋高地的丘陵地带驶去，穿过了普里斯迪欧公园，驶入通向金门大桥的连接道。在海港的另一端，荻布戎丘陵从薄雾的笼罩中隐隐约约地露出了它的身影。

"我带你去海边吃饭，"吕卡迎着风大声说道，"尝尝这个地区最好的海蟹。您喜欢吃螃蟹，是吗？"

出于礼貌，佐菲娅同意了吕卡的安排，当天使的好处就是不必依靠食物来维持体力，所以吃什么对佐菲娅来说都无所谓。

在这个气候宜人的日子里，轿车在笔直的沥青马路上行驶，收音机里传来了动听的音乐，佐菲娅和吕卡分享着这幸福温馨的时光，轿车偏离了快车道，转进一条弯弯曲曲的小路，到达了索萨里多渔港。吕卡将车停放在了面向海堤的停车场上，绕过车身，为佐菲娅打开了车门："请跟我来吧！"

吕卡伸手搀扶佐菲娅下了车，他们漫步在海边的人行道上。对面的道路上，一条毛色棕黄的导盲犬正带着它的主人悠闲地散步，金色的小狗转过头来注视着佐菲娅，一不留意就撞到了路灯杆上。

佐菲娅急忙想穿过马路去帮助小狗，吕卡拽住她的胳膊阻止了她，聪明的小狗自己能应付这种突发情况。吕卡将佐菲娅带进餐馆，侍者递上了两本菜单，将他们领到露天餐桌前。吕卡请佐菲娅在面向大海的位子上坐下来，为自己点了一杯香槟酒。一只海鸥停在栏杆上，注视着佐菲娅面前的食物，佐菲娅撕下一小块面包丢给它。小鸟叼起面包，扑扇着翅膀飞越了海港，消失在空中。

在距离餐馆几公里的码头上，朱尔正沿着海堤散步。他走近海边，将一粒鹅卵石踢向了大海，石子在水面上激起了七朵水花后沉入了海底。朱尔将双手插进破旧的苏格兰花呢裤的口袋中，凝望着海浪不停拍打着陡峭的堤岸。他的脸色就像波涛汹涌的大海一样深沉，心情也如同这天气一般晦暗。皮勒葛警探开车离开了"渔夫之家"，朝市区驶去，尖锐的警笛声打断了朱尔的沉思。中国城的一场斗殴引发了骚动，各个部门的警察都要赶往现场制止事态发展。朱尔皱起眉头，嘟哝着回到了自己的桥洞，坐在一个木笼子上继续思考，似乎总觉得有些不太对劲。海风将一张报纸吹到了他面前的水洼里，纸张渐渐被水浸透，显现出报纸反面的吕卡的照片。朱尔的脊背处传来一阵凉意，似乎有一种不祥的预感。

❧

　　女招待将一锅热气腾腾的蟹爪端上了吕卡和佐菲娅的餐桌。吕卡将一只蟹爪放进了佐菲娅盘中，又看了一眼作为配菜的蟹身，问佐菲娅是否要来一块。佐菲娅拒绝了，吕卡也只好表示对此不感兴趣。

　　"我承认蟹身的确不是很好吃，但您不尝尝蟹爪吗？"他问道。

　　"我不想吃。"

　　"您是素食主义者吗？"

　　"把动物当食物总让我觉得有些奇怪。"

　　"这是自然规律，没什么可奇怪的。"

　　"我还是感到不舒服。"

　　"可这地球上所有的生物都是靠弱肉强食才得以生存的。"

"是的，但海蟹可没对我做过什么，对不起！"佐菲娅说着轻轻地推开了那盘让她恶心的食物。

"您错了，这是自然规律。如果蜘蛛不吃昆虫，我们就要成为昆虫的食物了！"

"对了，海蟹也和蜘蛛一样，正因为如此，人们就应该让它们在海里平平静静地生活！"

吕卡转过身喊来了女招待，十分礼貌地说他们已经吃好了，请她将甜品单拿来。

"我并不想阻止您吃东西。"佐菲娅双颊绯红地说道。

"拯救海蟹的事业可不是玩笑！"吕卡打开甜品单，指着巧克力慕斯说道，"我想来份这东西，我们损害的就只是我们自己了，一杯巧克力有几千卡路里的热量！"

佐菲娅好奇地想要证明吕卡究竟是不是总部派来的天使监察员，于是她问吕卡真正的工作是什么。吕卡避而不答，他认为在自己和佐菲娅之间应该能找到更有趣的话题来分享，譬如说除了负责港口的安全检查工作，佐菲娅还做些什么，她是怎样打发休闲时光的，等等。

"我喜欢独自行动。"佐菲娅的回答让吕卡觉得有些奇怪。除了码头上的工作，佐菲娅还有各种各样的职责，她去盲人学校上课，还要照顾住院的老人和孩子。她非常喜欢陪伴这些病人，在他们之间有一条神奇的纽带，只有孩子和老人才能看到普通人所忽视的东西。在佐菲娅眼里，老人脸上的皱纹是生命最美的痕迹，而孩子们则在那里读懂了自己的梦想。

吕卡诧异地看着佐菲娅问道："您真的要做那么多事吗？"

"是的。"

"可这又是为了什么？"

佐菲娅不再回答。为了掩饰他的尴尬，吕卡吞下了最后一口咖啡，然后又点了一杯。他缓慢地啜吸着这馥郁芳香的液体，毫不在意咖啡已渐渐冷却，也不顾灰暗的天空越来越阴沉。他真希望和佐菲娅的谈话能永远继续下去，他向佐菲娅建议去海边走走。佐菲娅竖起毛衣领，护住头颈，站起身来，感谢吕卡为她要了甜点。这是她第一次品尝巧克力，那滋味简直美妙无比。吕卡以为佐菲娅是在和他开玩笑，但望着这个年轻女孩脸上快乐满足的神情，他知道佐菲娅并没有说谎。就在这一刻，吕卡从佐菲娅坦诚率真的眼眸中看到了一个更让人震惊的事实：她从来不会撒谎！吕卡目瞪口呆，自从和佐菲娅交往以来，他第一次对她的身份产生了怀疑。

"吕卡，我不知道我说了什么让你如此吃惊。不过，要是没有蜘蛛的话，您的处境就太危险了！"

"什么？"

"如果您一直把嘴张得那么大，迟早会吞下一只苍蝇！"

"您不觉得冷吗？"吕卡全身僵硬地站了起来。

"不，还行，但如果去散散步会更好些。"

海滩上寥无人迹，一只硕大的海鸥在海面上盘旋，似乎在为再次振翅高飞寻找合适的起点。它的脚爪掠过汹涌的潮水，在浪尖拨起了一片泡沫。海鸟飞向了高空，它姿态优雅地在海面上转了一圈，最终朝着云层后阳光灿烂处飞去。海浪冲击着悬崖，淹没了它振动翅膀的声音。佐菲娅蜷缩着身体，以抵御阵阵袭来的海风和漫天飞扬的沙砾，一阵寒意令她微微地颤抖起来。吕卡脱下外套，披在她肩上。潮湿的空气扑向了佐菲娅的脸颊，她强忍着不让自己笑出声来，但还是抑制不住地露出了微笑。她的笑容似乎毫无由来，却无比灿烂。

"您笑什么？"吕卡莫名其妙地问道。

"我自己也不知道。"

"那就保持笑容吧，您的笑容很美。"

"任何人的笑容都是美丽的。"

这时下起了小雨，雨点落在沙滩上，出现了无数个火山口状的小凹坑。

"看哪！"佐菲娅喊道，"就像月球的表面，您难道不觉得吗？"

"是的，有些相似。"

"您好像突然变得很忧伤。"

"我希望时间能够停止。"

佐菲娅低头不语，继续向前走去。

吕卡转过身子，面对着佐菲娅，一路走在她的前面。佐菲娅则顽皮地踩着吕卡的足迹前行。

"我不知道该怎样表达自己。"吕卡的脸上又露出了孩童般的天真。

"那就不用表达什么。"

海风撩起了佐菲娅的头发，遮住了她的脸颊。佐菲娅将它们拢向脑后，一小缕头发和她纤长的睫毛纠缠在了一起。

"我能吗？"吕卡伸出手问道。

"真奇怪，您一下子显得那么害羞。"

"我自己并没有感觉到。"

"那就继续保持吧，害羞的神情对您也很合适。"

吕卡凑近了佐菲娅，两人的神情开始有了变化。佐菲娅感受到了一种异乎寻常的悸动，剧烈的心跳从她的胸腔传向了太阳穴。吕卡微微颤抖的手指伸向佐菲娅的脸颊，温柔地为她将顺了那缕头发。

"好了。"他艰难地将目光从佐菲娅的双眸上移开。

一道闪电划破了阴暗的天空，雷声阵阵袭来，沉重的雨点打在他们身上。

"我希望能再见到您。"吕卡说道。

"我也是，只是希望下次不用再淋雨了。"佐菲娅答道。

吕卡一把搂过佐菲娅的肩头，带着她往餐馆跑去。露天餐馆里已经空无一人，他们躲在屋檐下面，一起凝视着雨水从深灰色瓦片中间的缝隙往下坠落。那只馋嘴的海鸥似乎并不害怕风雨，依旧栖息在栏杆上，端详着他们俩。佐菲娅弯腰拾起了一块被雨水打湿了的面包，用力向远处掷去。小鸟叼起了面包，朝大海方向飞去。

"我怎样才能再见到您？"吕卡问道。

"您究竟来自何方？"

吕卡犹豫了片刻后答道："来自一个地狱般的地方。"

佐菲娅迟疑地打量了一会儿吕卡，微笑着说道："在曼哈顿居住过的人来到这儿时经常会这么说。"

暴风雨来临了，疾风骤雨中他们几乎要高声叫喊才能让对方听见自己的话。佐菲娅握着吕卡的手，用温柔的声音说道："您首先要跟我联系，打听我的近况。在交谈中，您可以约我见面，我会回答说我很忙，有许多工作。于是，您建议将约会改在另一天，这次我会说我刚取消了另一个约会，正好能接受您的邀请。"

天空中又划过一道闪电，四周一片漆黑，海滩上刮起阵阵狂风，似乎预示着世界末日的到来。

"您不觉得我们应该找一个更好的躲雨的地方吗？"佐菲娅问道。

"您还好吗？"吕卡答非所问地说道。

"很好。为什么问这个？"佐菲娅感到十分奇怪。

"因为我本可以和您找个地方度过这个下午，但是您没时间，您还有工作，您太忙了……晚上一起吃饭是不是更好些？"

佐菲娅忍不住笑起来，吕卡用他的外套为佐菲娅挡住雨，挽着她的手跑向他的轿车。高涨的海水漫过了寂寥的人行道，吕卡带着佐菲娅穿过马路，顶着狂风奋力地拉开车门。两人躲进了车厢，震耳欲聋的雷声顿时被堵在了车外。小车在滂沱大雨中上了路，佐菲娅让吕卡把她送到了一个汽车修理厂。在和佐菲娅告别以前，吕卡抬起手腕看了看表。

佐菲娅俯在车窗前说道："今晚本来有个约会，不过我会试着取消它，我会打您的手机。"

吕卡微笑着发动了汽车，佐菲娅目送着他的背影，直到轿车消失在范奈斯大街的拐角处。

佐菲娅在修理厂为福特车的电瓶充了电，支付了拖车的费用。当她开车来到百老汇时，暴风雨已经过去了。大道直接通向了市中心，在人行道前，佐菲娅发现有个小偷正瞄准一位年轻女郎想要下手，她赶紧踩下刹车，走下了车，向那个小偷跑去。

在她的厉声呵斥中，那个男人被惊得退后了一步。佐菲娅的来势汹汹让他感到有些害怕。

"偷窃不是好事。"佐菲娅指着提着公文包走远了的女郎说道。

"你是警察吗？"

"这不是问题。"

"滚开，蠢货！"

小偷又拔腿向那个女人跑去，快要靠近她时，他突然脚底一滑，重重摔倒在地。年轻女人坐上了有轨电车，对这一切毫无察觉。等到小偷从地上爬起来后，佐菲娅才向自己的小车走去。

佐菲娅驾车向码头方向驶去，懊恼地咬住了自己的嘴唇，尽管阻止犯罪的目的已经达到了，她却并不满意，她的用意不仅如此，那个小偷还没有意识到自己的错误。

"要我帮您停车吗，先生？"

吕卡被吓了一跳，抬起头盯着车童，而后者也神情怪异地打量着吕卡。

"您为什么这么看着我？"吕卡问道。

"您已经在车上一动不动地待了足足有五分钟，我对自己说……"

"您对自己说什么？"

"您把头靠在方向盘上，所以我猜想您可能是身体不舒服。"

"好吧，别这么想了，这会让您不至于太失望！"

吕卡下了车，将钥匙扔给了年轻的车童。电梯门打开了，吕卡差点撞上伊丽莎白。伊丽莎白弯下了腰，祝吕卡日安，吕卡赶紧向后退了一步。

"您今天早上已经跟我打过招呼了，伊丽莎白。"吕卡做着鬼脸说道。

"如您所言，蜗牛确实美味无比！祝一天愉快！"伊丽莎白说着消失在过道中。

电梯停在了第十层，埃德·赫特张开双臂迎接吕卡的到来："遇到您真是我的幸运，我亲爱的吕卡。"

"可以这么说吧。"吕卡随手关上了办公室的门，朝副总裁走去，在他面前的躺椅上坐了下来。

赫特晃动着手中的《旧金山日报》说道："我们肯定能一起大干一番！"

"对此我不表示怀疑。"

"您看上去并不高兴。"

吕卡叹了一口气，埃德感觉到了他的心烦意乱，但他还是开心地将报纸翻到了附有埃米照片的那一版："文章写得真棒！就算我本人接受采访也不会比这更好。"

"文章已经见报了吗？"

"今天早上，就像她对我允诺的那样。埃米真是个好姑娘，不是吗？她肯定熬夜工作了。"

"是的，也可以这么说。"

埃德指着吕卡的照片说道："我太蠢了，我应该在您接受采访前给您一张我的照片，不过这没什么，您的形象也很不错。"

"谢谢您的夸奖。"

"您真的没什么事吧？"

"是的，总裁先生，我一切都好。"

"也许是我的直觉错了，但您的神情有点奇怪。"

埃德打开了水晶玻璃瓶，为吕卡倒了一杯水，虚情假意地说道："不管您有什么烦恼，都可以告诉我。我们是一个大集团，但更是一个大家庭。"

"您叫我来有什么事吗，总裁先生？"

"叫我'埃德'！"赫特喜不自禁地告诉吕卡，昨晚他和几个部下在晚餐时的沟通超过了他的预期，他准备在集团内部建立一个全新的部门，他会将其命名为"市场革新部"，目的在于采取新颖的商业手段赢得更为广阔的市场。埃德将亲自担任该部门的主管，他需要实实在在地做点事，这样的经历会令他重返青春。埃德告诉吕卡有许多部门的负责人已跃跃欲试地想要加入他这位未来总裁的宏伟规划，从而成为他的亲信。

"犹大是永远不会衰老的，他甚至还能分身有术。"吕卡暗自想道。赫特继续夸夸其谈，他总结说自己和安托尼奥之间展开一场小小的竞争并没有什么坏处，恰恰相反，变革还能为集团注入新鲜的血液。

"您同意我的看法吗，吕卡？"

"完全同意。"吕卡点头说道。

吕卡心中窃喜，赫特的野心也大大超过了他的预计，这使得他的计划胜利在望。在马克特街 666 号，两位总裁之间的争权夺势让整个大厦充满了紧张的气氛。赫特和吕卡讨论着安托尼奥可能做出的反应，他多半会反对赫特的革新，因此他们必须竭尽全力促成新部门的建立。当然，实施一个如此庞大的计划并没有那么简单。"我们需要一段时间。"赫特强调道，这位副总裁的目的是通过抢占有利市场，最终获得他觊觎已久的权力。

吕卡站起来，将他夹在腋下的一份文件放在埃德面前。埃德打开文件夹，取出了一份厚重的档案：

旧金山市的港口区域绵延数公里，覆盖了整个城市的东海岸。该地区的功用却始终没有明朗化，令房地产界深感遗憾的是，货运码头的苟延残喘使他们无法将海港改造为一个供人休闲娱乐的旅游区和本市最为高档的海滨住宅区。通过房地产商的努力，北部的海滨已经成了帆船停泊地，商界对在这个地区兴建住宅区表示了广泛的兴趣，海滨别墅已被高价抢购一空。在住宅区前方修建了大型客轮停泊处，如潮水般涌来的游客可以散步至 39 号码头。旅游区的兴建将促进该地区商业和餐饮业的发展，因此海港地区的开发会带来巨大的利益和激烈的竞争。近十年来，海港地区的地产负责人平均每十五个月就会被取代，由此证明海滨地区的归属和开发始终是房地产界趋之若鹜的争夺对象。

"您这是什么意思？"埃德问道。

吕卡脸上露出狡黠的微笑，打开一张赫然标明了"旧金山港口八十号码头"的地图说道："让我们攻克这最后一个堡垒！"

既然副总裁对 A&H 集团一号人物的位子垂涎欲滴，吕卡就得给他铺好登上宝座的台阶。吕卡回到椅子前坐下来，向埃德详细地介绍着他的计划：货运码头正处于风雨飘摇之中，码头工人不满于辛苦而又危险的工作，罢工一触即发，而他将努力让码头充满火药味。

"我看不出这和我们有什么关系。"埃德打着哈欠说道。

吕卡故作平静地说道："只要货运公司和码头后勤部还给工人发放工资和住房补贴，就没有人能将他们从八十号码头赶走，但是一次罢工能让情况彻底发生变化。"

"货运港口的管理机构不会允许事态发展到罢工的地步，我们将会遇到太多的阻挠。"

"这就要看谁的影响力大了。"吕卡答道。

"也许吧。"赫特摇摇头表示他的怀疑，"这么大的计划，必须得到最高权力层的支持。"

"对您来说，搞定上层关系早就不是件难事了！港区地产负责人的职位朝不保夕。我敢保证，只要给一笔钱，他就会乖乖地让出位子。"

"我不明白您在说什么。"

"埃德，贿赂官员可是您的拿手好戏！"

副总裁从他的座位上站起身来，不知道是否应该为吕卡的话感到自豪。吕卡一边朝办公室门口走去，一边向他的雇主喊道："在蓝色的文件袋里，您会找到一份港区地产负责人的详细资料，他似乎已经过上了挥霍的退休生活，每个周末都去塔霍湖度假，因此债台高筑。想办法尽快把他约出来和我见个面，找一个隐秘的地方，其余的事由我负责！"

赫特神色紧张地翻阅了一番手中的文件，皱起眉头，一脸困惑地望着吕卡说道："您在纽约是搞政治的吗？"

办公室的门已经合上了。

电梯正好停在这一层，吕卡并没有走进电梯，他拿出手机，接通了语音信箱，人工合成的声音重复了两遍"您没有新留言"。他挂上电话，摁下菜单键，进入文字信箱，依旧没有新信息。吕卡合上手机走进了电梯，来到停车场时，他感受到了一种异乎寻常的悸动，剧烈的心跳从他的胸腔传向了太阳穴。

～

调解会议持续了两个多小时，发生在"瓦尔帕莱索"①号上的货舱监装员戈梅的工伤事件引起了强烈的反响，码头的形势令人担忧。戈梅始终昏迷不醒，芒卡每小时都要往医院打电话询问情况，医生们还在对他全力进行抢救。一旦戈梅伤重不治，就再也没有人能够控制码头工人们愤怒的情绪。西部海港的工会主席也赶来参加了调解会议，他站起身来为自己倒了一杯咖啡。佐菲娅趁此机会悄悄溜出了争论正酣的会议室，走到离办公大楼稍远的地方，躲在一个集装箱后面，看看四周无人，才拿出手机拨通了那个号码。"吕卡。"语音信箱中的机主留言简单而干脆，紧接着便是提示录音开始的声响。

———————

① 智利中部一港口城市。——译注

"是佐菲娅，今晚我有空，打电话通知我怎么和您碰面，一会儿见！"

佐菲娅挂上电话，盯着手机，微笑又绽放在了她的脸上，就连她自己也说不清是为了什么。

黄昏时分，工会的代表终于达成了一致意见，目前他们只能静观事态发展，以做出明智的决定。调查委员会要在深夜时分才能公布这起工伤事故的原因，而旧金山纪念医院也将根据第二天清晨的检查报告确定戈梅是否还有被救活的希望。因此，调解会议暂时休会，第二天继续讨论。芒卡收到这两份报告后将立刻通知码头管理人员召开全体大会。

佐菲娅想要呼吸呼吸新鲜空气，她给了自己几分钟时间，独自沿着海堤散步。在几步之遥的地方，"瓦尔帕莱索"号被缆绳牢牢地系在岸边，锈迹斑斑的船头左右摇摆，仿佛是一只脾气暴躁的动物被铐上了链条。起伏不定的海浪拍打着堤岸，巨大的海轮的倒影在水面上时隐时现。身着制服的人们在通道上来来往往，对货船的各个部位进行检测。船长俯在瞭望台的栏杆上，凝视着忙碌的人群，猛吸了几口香烟，将烟蒂狠狠地扔向了大海。对他而言，接下来的几小时将比这暗潮汹涌的海水还要难以预测。海边一片寂静，只有海鸥的鸣叫从远处传来。

"这样的海水可不会让人有下水的欲望，除非是游泳高手，不是吗？"佐菲娅耳边响起了朱尔的声音。

她转过身，温柔地望着朱尔。老人湛蓝的眼睛里布满了血丝，胡须凌乱，衣着破旧，然而贫困潦倒的外表丝毫没有削弱朱尔的魅力，高贵的心灵让这个男人风度非凡。朱尔依旧穿着那条破旧的方格花纹的苏格兰呢裤，他将双手插进了口袋说道："这是威尔士亲王喜欢的式样，不过我想亲王本人早已经进了棺材。"

　　"您的腿怎么样了？"

　　"至少它还紧跟着另外一条腿，这就不错了。"

　　"您去重新包扎过了吗？"

　　"你呢，你过得好吗？"朱尔岔开了话题。

　　"有一点头疼，会议开起来没完没了。"

　　"可能还有些郁闷。"

　　"不……您为什么这么说？"

　　"因为最近你常到海边来散步，我想是为了来晒晒太阳。"

　　"我没什么，朱尔，只是想来呼吸一下新鲜空气。"

　　"于是你就跑到这个充满了死鱼臭味的码头边上来呼吸最新鲜的空气！好吧，我猜想你有自己的理由，希望你真的过得不错！"

　　年久失修的"瓦尔帕莱索"号船舷上架起了梯子，负责检测的工作人员爬下了梯子，坐上了黑色福特车，悄无声息地拉上了车门，汽车向着港区的出口驶去。

　　"如果你要求在明天休假，这简直是痴心妄想！我担心明天将是一个比平时更为忙碌的日子。"

"我也这么觉得。"

"那么，我们说到哪儿了？"朱尔问道。

"刚才为了说服您去重新包扎，我几乎都要跟您吵起来了。待在这儿别动，我去把车子开过来。"

这一次，不容朱尔有反对的机会，佐菲娅就走远了。

"坏姑娘！"朱尔嗫嚅着抱怨道。

把朱尔从诊所送回桥洞之后，佐菲娅驶上回家的路。她一只手握住方向盘，腾出另一只手伸进拎包去拿手机，手机应该在拎包的某个角落里，但佐菲娅却怎么也摸不着……第一个路口红灯高悬，佐菲娅趁着停车的时间，将拎包里的东西全都倒在了副驾驶座上，最终在一堆杂物中找到了手机。

语音信箱里传来了吕卡的声音，他将在七点半到佐菲娅家楼下接她。佐菲娅看看表，离七点半还有十七分钟，回到家换身衣服，再给汉娜和玛蒂尔德一个拥抱，时间已经很紧张了。"下不为例！"佐菲娅对自己说道。她弯下身子，从工具箱里拿出蓝色警灯放在车顶上，警笛长鸣的福特车便风驰电掣般地驶上了第三大道。

❦

吕卡从衣帽架上取下一件华达呢外套披在肩膀上，准备离开办公室。他熄了灯，透过落地窗欣赏着这个城市黑白分明的夜景。他正要关上办公室的门，电话铃声响了起来，他转身走回去，拎起了话机。埃德在电话里告诉吕卡和港区地产负责人的约会定在了今晚七点半。吕卡撕下一张纸条，摸黑记下了约会的地点。

"等我和他的会谈有了结果就给您打电话。"吕卡狠狠地放下话机，走到落地窗前，俯瞰纵横交错的街道。从这座高耸入云的大厦向下望去，川流不息的汽车射出的或红或白的灯光纵横交错，仿佛织成了一张巨大的蜘蛛网，在夜色中熠熠生辉。吕卡的额头抵在窗户上，他的呼吸很快在玻璃上形成了一团雾气。一辆闪烁着蓝色警灯的小车穿过了城市中心，蓝色的亮点很快就登上了太平洋高地。吕卡叹了口气，将双手插进口袋，离开了办公室。

✸✸✸

佐菲娅关掉了警笛，将警灯放回原处。小屋前正好有一个泊位，她停好车，一个箭步跨上台阶，回到了自己的公寓。

"有一大群人在追你吗？"玛蒂尔德问道。

"什么？"

"瞧瞧你那气喘吁吁的样子！"

"我得赶紧准备，我快迟到了。你今天过得好吗？"

"午饭的时候，我和卡尔·刘易斯进行了一场赛跑，结果是我赢了！"

"你是不是一个人待着太闷了？"

"今天一共有六十四辆汽车经过了你家门前的街道，其中十九辆是绿色的。"

佐菲娅走到玛蒂尔德面前，坐在床角说道："明天我会尽量早点回来。"

玛蒂尔德抬头瞥了一眼挂在圆桌上方的摆钟："我可不想多管闲事，但是……"

"今晚我要出去，但不会回来得很晚。如果那时你还没睡的话，我可以陪你聊一会儿。"佐菲娅站起身来。

玛蒂尔德看着她的身影消失在更衣间，喃喃道："是你陪我，还是我陪你呀！"

十分钟以后，佐菲娅又回到了客厅，她用一块毛巾裹住了湿漉漉的头发，腰间也围着一块潮湿的浴巾，将一堆衣物放在壁炉上，凑近镜子看着自己。

"今晚你和那个小男人一起吃饭吗？"玛蒂尔德问道。

"他打过电话来吗？"

"不，一个电话都没有。"

"那你是怎么知道的？"

"我猜的。"

佐菲娅转过身子面对着玛蒂尔德，双手叉腰，开诚布公地问道："你是怎么猜到今晚我和吕卡有约会的？"

"除非是我想错了，据我所知，你现在右手上拿着的东西叫作睫毛膏，而左手上是一把粉饼刷。"

"这和约会又有什么关系？"

"你还要我说得更明白吗？"玛蒂尔德的回答不无嘲讽。

"我非常乐意听听你的解释。"佐菲娅有些生气了。

玛蒂尔德看看歪着头不知所以的佐菲娅，终于忍不住露出了笑容。"这两年来，你是我最好的朋友……可我还是第一次看见你化妆！"

佐菲娅转过身去对着镜子，什么都没说。玛蒂尔德漫不经心地拿起报纸，这一天中她已经把电视节目表研究了六遍。

"别忘了，我们这儿可没有电视。"佐菲娅一边用手指小心翼翼地往自己的嘴唇上轻抹了一点唇彩，一边对玛蒂尔德说道。

"正好，我讨厌电视。"玛蒂尔德翻阅着报纸，针锋相对地答道。

这时，从佐菲娅丢在玛蒂尔德床上的拎包里传来了手机铃声。"要我帮你接吗？"玛蒂尔德假装很不识趣地问道。

佐菲娅赶紧冲过去，埋头从零乱的杂物中找到了手机，走到房间另一头去接听。

"你不愿意就算了。"玛蒂尔德嘟哝着将报纸翻到了第二天的电视节目单。

吕卡在电话中向佐菲娅表示了歉意，他有事被耽搁了，无法来接佐菲娅，但他已经在位于加利福尼亚大街的美洲银行大厦最顶层的一家三星级的饭店里预订了今晚九点半的位子。从餐厅里可以俯瞰整个城市的夜景，雄伟的金门大桥也将尽收眼底。佐菲娅说好了和吕卡在饭店碰面，她挂上电话，走到厨房，探着身子在冰箱里翻寻。

玛蒂尔德听到她用低沉的声音问道："你想吃点什么？我还有时间为你准备一顿晚餐。"

"就来一份煎鸡蛋加色拉和酸奶吧！"

不久后，佐菲娅从衣柜里拿了一件外套，吻了吻玛蒂尔德，轻轻地关上大门，离开了自己的家。

她坐在福特车的驾驶座上，在发动汽车之前翻下遮阳板，对着化妆镜中的自己看了几秒钟。佐菲娅似乎并不自信，他合上遮阳板，拧动了车钥匙。当佐菲娅的车消失在道路尽头的时候，一直站在窗前观察着她的汉娜放下了手中的窗帘。

佐菲娅将车停放在了车库的入口处，身着红色制服的车童递给了她一张停车单，佐菲娅向他表示了感谢。

"真希望我是今晚那个与您共进晚餐的人！"年轻的男孩子说道。

"非常感谢您的恭维！"佐菲娅羞涩而又高兴地答道。

佐菲娅走过了旋转门，来到大厅中。银行下班以后，只有底层的酒吧和顶层的全景餐厅还对外开放。佐菲娅快步向电梯间走去，忽然觉得嗓子冒烟，她还是第一次感到嘴干舌燥。她看了看表，离约定时间还有十分钟，她可以坐在咖啡馆的吧台上喝点什么。佐菲娅正要走进咖啡馆，却瞥见了餐桌前吕卡的身影，他正和港区的地产负责人热烈地交谈着。佐菲娅不知所措地停下了脚步，转身向电梯间走去。

几分钟后，饭店经理将吕卡领到了佐菲娅桌前。佐菲娅站起身来，吕卡吻了吻她的手，请她坐到面向窗户的位子上。

在饭桌上，吕卡向佐菲娅提出了近百个问题，佐菲娅却用更多的问题来反问他。吕卡觉得饭店的饮食很精致，佐菲娅却将食物都拨到了盘子四边，没有碰任何一道菜。对吕卡和佐菲娅而言，侍者殷勤的服务简直是一种没完没了的打扰。因此，当他拿着镰刀状的餐盘夹再次走来时，吕卡坐到了佐菲娅身边，向台布上用力吹了一口气。

"行了，一切都很干净了。您可以让我们安静地待着了，非常感谢。"吕卡对侍者说道。他转过头，将手搁在佐菲娅的椅背上，继续和她交谈。佐菲娅感觉到吕卡的体温从她的背后传来。

侍者不顾吕卡恼怒的眼神，又一次向他们走来，将两把勺子和一份热巧克力冰激凌放在桌上。侍者转动托盘，向他们展示精美的食物，又站直身体，介绍了甜点的制作过程。

"您的介绍够详细了，"吕卡不耐烦地说道，"否则我们就会误以为这是一盘胡萝卜奶酥了。"

侍者一言不发地走远了，吕卡俯下身子对佐菲娅说道："您什么东西都没吃。"

"我一向吃得很少。"佐菲娅低着头回答道。

"尝尝吧，就算是为了让我高兴点，巧克力在舌尖融化的感觉就像进了天堂。"

"可是身材就得经受地狱般的考验了！"佐菲娅接过了吕卡的话。

吕卡不容分说地切开了甜品，舀起一大勺温热的巧克力送进佐菲娅嘴里。佐菲娅的心噗噗直跳，为了掩饰怯意，她抬起眼望着吕卡说道："冰凉的奶油和滚热的巧克力酱，味道很不错。"

　　睡眼蒙眬的侍者端着一杯白兰地酒走了过来，托盘微微倾斜了一下，酒杯滑落到地上，摔成了同样大小的七块碎片。整个餐厅都安静了下来，吕卡咳嗽了几声。佐菲娅率先打破了沉寂，她还有两个问题要问吕卡。吕卡答应了佐菲娅会如实回答，不再敷衍了事。

　　"您和港区的地产负责人谈了些什么？"

　　"您的问题很奇怪。"

　　"您答应我不兜圈子的。"

　　吕卡盯着佐菲娅，伸出手靠近了她放在餐桌上的手。

　　"只是一次工作会谈，就像上次一样。"

　　"这不能算是一个真正的答案，不过您正好可以接着回答我的第二个问题。您究竟是做什么的，在哪儿工作？"

　　"这么说吧，我正在完成一项使命。"吕卡的手指不安地敲击着餐桌。

　　"什么样的使命？"佐菲娅追问道。

　　吕卡的视线离开了佐菲娅，一道目光引起了他的注意，布莱斯正坐在餐厅角落，不怀好意地冲着吕卡微笑。

　　"怎么了？您觉得不舒服吗？"佐菲娅问道。

　　吕卡神色大变，佐菲娅几乎都认不出来这个和她度过了温情脉脉的夜晚的男人。

"不要再问我任何问题了，"吕卡说道，"去存衣处取回您的大衣，赶紧回家，我明天再和您联系。对不起，现在我不能给您任何解释。"

"您究竟怎么了？"佐菲娅绷紧了脸问道。

"快走吧，立刻离开这儿！"

佐菲娅站起来，穿过了餐厅。餐厅里的各种声音传到了她耳边：餐具落到了地上；酒杯相互碰击……一位上了年纪的男人拿起和他同样老旧的手帕擦拭了一下嘴巴，装作绅士派头地低头看报，他那衣着邋遢的妻子贪婪地望着甜品柜台。从佐菲娅离开自己的餐桌时起，这一对老夫妻就没有说过话。佐菲娅加快了步伐，电梯的门终于合上了，她感到了前所未有的委屈。

佐菲娅一路冲上街道，寒冷的晚风几乎要将她吹倒。她取了车，满怀忧伤地疾驶而去。

布莱斯在佐菲娅的位子上坐下来，吕卡下意识地握紧了拳头。

"那么，我们的事业进展如何？"布莱斯嬉皮笑脸地问道。

"您来这儿做什么？"吕卡毫不掩饰他话语中的怒气。

"作为联络部部长，我来和您沟通沟通。"

"我没什么可向您汇报的。"

"吕卡，吕卡，别这样！不是来听您汇报的。我只是有些担心我这位小伙伴的健康问题，这下我放心了，他的身体棒极了！"布莱斯假装温和而友好地说道，"我知道您非常出色，现在看来，我以前还是低估了您。”

“您就是来对我说这些的吗？那就请您赶快离开吧！”

“我一直在欣赏您对那个女孩子大献殷勤的场面。我不得不承认喂甜点的那一幕让人印象深刻，我的老弟，那可真是天才之举！”

吕卡仔细地打量着布莱斯，想要知道究竟发生了什么事让这个蠢货如此喜不自胜。

“上天确实对您有些不公平，布莱斯，但是不必太失望。总有一天，我们那儿会有一个可怜的女孩因为犯了大错，被惩罚在您的怀里待上几小时！”

“不必过于谦虚，吕卡。我对此表示理解和赞成，您总是聪明得出乎我的意料。”

吕卡转过身，举手示意侍者送上账单，布莱斯一把接过账单，将一张信用卡递给了餐厅经理：“给我吧，我来付账。”

“您究竟想干什么？”吕卡从布莱斯潮湿的手心里抢过账单说道。

“您应该信任我，还需要我提醒您，是我让您有机会得到了这个任务吗？既然我们都心知肚明，您就不必再装傻了！”

“我们都知道些什么？”吕卡站起了身。

“您知道她是什么人！”

吕卡缓缓地坐了下来，打量着布莱斯：“她究竟是谁？”

“她是另一个，我亲爱的，您的另一个……”

吕卡张大了嘴，他似乎感到呼吸困难。

布莱斯继续说道："她就是他们派来对付您的。您是我们的魔鬼使者，她是他们的天使精英。"

布莱斯俯下身子，靠近吕卡，吕卡不自觉地向后闪躲。

"别那么生气，我的老弟。"布莱斯说道，"我的工作就是了解一切。我应该向您表示祝贺。对于我们来说，能够诱惑一个天使绝不是普通意义上的胜利，那简直是一场凯旋！您就是这么想的，不是吗？"

布莱斯最后的问题让吕卡感到了莫名的恐惧。"您难道不是无所不知的吗，我的老兄？"怒火中烧的吕卡用嘲讽的语气回答道。他起身离开了座位，穿过餐厅往出口走去，身后又响起了布莱斯的声音："我来也是为了提醒您打开手机！有人在找您，您几小时前见过的那个人今晚就想和您签一份协议。"

电梯门在吕卡身后缓缓合上了，布莱斯看了一眼餐盘中尚未吃完的甜点，又坐了下来，将他潮湿的手指伸向了巧克力酱。

❦

佐菲娅的小车沿着范奈斯大街行驶，所有的路口都亮着绿灯。她打开了收音机，调到了一个播放摇滚乐的电台。她的手指跟随着音乐的旋律敲打着方向盘，她敲击得越来越用力，直到从关节处传来了疼痛的感觉。小车一路顺利地拐上太平洋高地，在小屋前停了下来。

一楼的窗户紧闭着，佐菲娅向楼上走去。走到第三个台阶时，她发现萨兰登小姐的房门还半开着，一束灯光从房间里射了出来，驱走了黑暗。

"我看到你回来了。"

"晚安，汉娜。"

"陪我坐一会儿，等离开的时候再跟我说晚安吧。不过，从你脸上的表情来看，你宁愿现在就和我告别。"

佐菲娅走到汉娜的躺椅前，在地毯上坐了下来，将头靠在躺椅的扶手上。汉娜抚摩着她的头发问道："你有什么问题吗？我希望你有，因为我已经准备好了答案！"

"我无法说清自己的感觉。"佐菲娅站起来向着窗户走去，撩起了窗纱，她的福特车安静地停泊在已经沉睡了的街道上。

汉娜继续说道："所谓的矜持离我已经很远了，如果顾忌太多，你就什么也得不到。到我这个年纪，未来只剩下很短一段路，尤其我又那么近视，没什么可担心的了。然而，每一天我都会感到一种迟暮的悲伤，生命之路不久就会走到尽头了。"

"为什么要说这些，汉娜？"

"因为我了解你的真诚和羞涩。对于我这个年纪的女人而言，能够分享所爱的人的欢乐悲哀，就如同在黑夜里继续前行，他们的希望和欲求提醒了我，生活还在继续，尽管我的生活并不完美，但它还是具有一定的意义，至少我没有虚度此生。好吧，现在跟我说说你究竟怎么了？"

"我也说不清。"

"你现在脑子里肯定是一片空白。"

"我有那么多的事想要对您倾诉。"

"别担心，我都能猜到……"

汉娜的指尖轻柔地抬起了佐菲娅的脸："给我一个微笑，小小一粒希望的种子就能长成一片幸福的田野，只要我们有足够的耐心让它茁壮成长。"

"您曾经爱过吗，汉娜？"

"你看到那些影集里的老照片了吗，严格说来它们毫无用处，照片里的大部分人早就去世了，但对我而言，它们无比珍贵。你知道为什么吗？因为是我摄下了这些照片，多么希望我还能回到那些地方。尽情享受生活吧，佐菲娅！抓紧时间，千万不要蹉跎岁月！星期一有时让人精疲力竭，星期天也可能阴沉乏味，然而又一个星期的到来始终是那么美好！"

汉娜摊开手掌，抬起佐菲娅的食指，让指尖划过了她的生命线。

"知道什么叫'上帝的礼物'吗，佐菲娅？"

佐菲娅没有回答，汉娜的声音更加温柔了："听好了，这是世上最美丽的一个故事：上帝的礼物是上帝赐予你的人，是你生命的另一半，你的真爱。生命的全部意义就在于从芸芸众生中找到你的爱人。"

佐菲娅安静地看着汉娜，站起身来，深情地吻了吻老妇人的额头，向她道了晚安。在走出汉娜的房间之前，佐菲娅转过身来提出了最后一个要求："有一本您的影集，我非常想看看。"

"哪一本？你已经把它们都翻了十几遍了！"

"属于您生命的那一本，汉娜。"

佐菲娅轻轻合上了汉娜的房门，走上二楼，突然又改变了主意。她悄无声息地下了楼，唤醒了她的老福特车。深夜的城市几乎空无人迹，佐菲娅驶上了加利福尼亚大街，在她和吕卡共进晚餐的银行大厦前，红灯亮了起来，佐菲娅停下车，车童友好地向她挥手示意。佐菲娅转过头去，凝望着左边的唐人街。福特车开过几个街区，停在了跨美大厦一侧的人行道上。佐菲娅穿过广场，将手贴在大厦东侧一块颜色略浅的墙面上，通过暗道进入了天使情报局总部的大厅。

佐菲娅和皮埃尔打了个招呼，径直乘电梯来到了最高层。她对接待小姐说自己想见米歇尔，接待员告诉她现在已经是东半球的黎明时分，佐菲娅的教父正在地球另一端忙碌。

佐菲娅犹豫了片刻，又问她是否可以见见"先生"。

"原则上可以，但是实际上恐怕不行。"看到佐菲娅惊讶的神情，接待小姐忍不住解释道，"我只跟您说说。'先生'最近迷上了一些事情，也可以说是他的新癖好：火箭！他醉心于此，看到人们把一枚又一枚火箭送上天，他简直乐不可支。任何一次发射他都不会错过，他把自己关在办公室里，打开了所有监视屏。在此期间，他谁都不见。

自从中国人也加入进来以后，要见‘先生’变得有些不容易了。"

"现在有火箭发射吗？"佐菲娅对她的话似乎无动于衷。

"除非发生了技术障碍，火箭将在三十七分二十四秒后升空。您有什么要紧的事吗，要留下什么话吗？"

"没什么，不必打扰‘先生’了。我只是有一个问题，我会再来的。"

"过一会儿您会在哪里？我可以记录下来，转告‘先生’。"

"我想我可能会去码头附近散步。好吧，按西半球时间，我该跟您道晚安了，按东半球时间，我该祝您日安，随您喜欢吧！"

佐菲娅离开了金字塔形的高楼，从容地走在蒙蒙细雨中。她取回了车，向八十号码头——这个城市中她的另一个避难所开去。

佐菲娅感觉自己迫切需要呼吸几口新鲜空气，感受一下树木的勃勃生机，她穿过马丁·路德·金大道，来到了位于城市北部的金门大桥公园。公园中心的湖边小径上，路灯在星光点点的夜幕中绘出了一团团光晕，车灯照亮了水面上的小木屋。天气晴朗的日子里，来公园散步的人们会来这儿租一条小船泛舟湖上。公园的停车场空荡安静，佐菲娅将小车停在那里，徒步走向一张路灯下的长凳。轻柔的夜风中，硕大的白天鹅紧闭着双眼，在湖面上随波漂荡，熟睡的青蛙则惬意地躺在荷叶上。

佐菲娅深深地叹了一口气，突然她看到"先生"从小路的尽头走来。他将双手插在口袋里，迈着悠闲的步伐，跨过低矮的栅栏，穿越了那片花团锦簇的草坪，走到佐菲娅面前，在她身边坐了下来。

"你要见我吗？"

"我不想打扰您，先生。"

"你从来就不会打扰我。有什么困难吗？"

"不，我只是有一个疑问。"

"先生"的双眼在黑暗中显得更加炯炯有神："我听着呢，我的孩子。"

"作为天使，我们一直都在宣扬爱情，可我们自己却只知道空洞的理论。先生，人间的爱情究竟是什么样的？"

上帝搂住了佐菲娅的肩膀，仰望着天空说道："爱情是我最美丽的创造，它是希望的火苗，是世界重获新生的源泉，是地球成为乐土的必经之路。正因为有了男女之别，人类才获得了智慧，性别单一的世界只会令人在悲伤中死去。对于曾经爱过也被爱过的人而言，死亡只不过是他们生命的一个瞬间！"

佐菲娅用脚尖不安地在沙砾路面上画了一个圆圈："那个关于上帝的礼物的传说是真的吗？"

上帝微笑着握住了她的手："一个很美的故事，不是吗？在这世界上找到自己的另一半将是人生最大的成功，这并不意味着真正的爱人只有一个，如果我的本意如此，我只要创造一个男人就够了。然而，当他开始爱的时候，他就成了唯一的那一个。人类的创造也许并不完美，但是没有什么能比两个生命相亲相爱更完美的事了。"

"我现在明白多了。"佐菲娅又在脚下的圆圈中间画出了一条直线。

上帝站起身来,将双手重新插进了口袋。在离开之前,他抚摩着佐菲娅的头,用亲切而柔和的声音说道:"我向你透露一个大秘密,自从第一天以来,我对自己唯一的疑问便是:究竟是我创造了爱情,还是爱情创造了我?"

上帝迈着轻松的脚步走远了,他低头望着自己在水中的倒影,佐菲娅听见他喃喃地说道:"这个也喊我'先生',那个也喊我'先生',看来我得给自己也取个名字了……长着这把胡子,他们真的把我叫老了……"

上帝转过身来问佐菲娅:"你觉得奥斯顿这个名字怎么样?"

佐菲娅目瞪口呆,看着上帝越走越远。他将那双白皙优美的手交叉着放在背后,继续窃窃私语道:"奥斯顿先生……也可以,不,奥斯顿,就这样!"

上帝的声音消失在大树背后,佐菲娅独自在湖边待了很久,匍匐在荷叶上的青蛙睁开了眼,凝视着面前这个年轻的女孩。佐菲娅弯下身子,对着它模仿了两声蛙鸣,然后站直了身子,回到车上,离开了金门大桥公园。这时,诺布山上的钟声敲响了十一下。

❦

阿斯顿·马丁车的前轮在离海堤几厘米的地方停止了转动,车身仿佛就停在了海面上。吕卡下了车，让车门敞开着，抬起右脚抵住车尾，深呼吸了一下，想把车子推进海里，最终还是放弃了。刚走出几步，吕卡就感觉到头晕目眩，禁不住俯在海面上呕吐了起来。

"看上去身体不佳？"

吕卡站起身来，端详着向他递上一根香烟的老流浪汉。

"这烟有点冲，不过可能对你有好处。"朱尔说道。

吕卡接过烟，朱尔点燃了打火机，火苗照亮了两人的脸。吕卡贪婪地吸了一口烟，立刻咳嗽起来。"味道不错。"他说着将烟头扔向远处。

"胃不舒服吗？"朱尔问道。

"没什么。"吕卡回答说。

"那么，是谁让你不高兴了？"

"您呢，您的腿怎样了？"

"像往常一样，还跛着呢！"

"在伤口发炎之前去重新包扎一下吧。"吕卡一边喊着一边朝百米之外的港口办公楼走去，跨上锈迹斑斑的台阶，进入一楼的通道中。

"那个让人心烦意乱的女孩，有一头金色的还是褐色的头发？"朱尔大声问道。然而，吕卡已经听不见他的声音了，吕卡走进了大楼中唯一一间还亮着灯光的办公室，轻轻地合上了房门。

佐菲娅一点都不想回家，尽管玛蒂尔德的陪伴给她带来了快乐，但是那所公寓似乎也因此缺少了一些私密的空间。她漫步在寥无人迹的码头，走到了用红砖砌成的圆锥形钟楼底下，巍然耸立的钟楼敲响了半点的钟声。佐菲娅走向海岸，皎洁的月光透过薄雾，泼洒在一艘随波摇曳的废弃的货船上。

　　"我喜欢这艘老船，它跟我一般年纪，一动起来就嘎吱作响，甚至比我还老态龙钟。"

　　佐菲娅转过身，对朱尔露出了一个微笑。"我也不讨厌它，"她说道，"不过如果它的梯子能牢固些，我就会更喜欢它。"

　　"这次事故的原因并不是梯子的问题。"

　　"您是怎么知道的？"

　　"在码头上，连墙壁都长了耳朵。这里透一点风声，那儿就谣言四起了……"

　　"您知道戈梅是怎么摔下来的吗？"

　　"这就是奥秘所在。如果是个年轻的工人，我们也许会认为是他自己一时不小心，电视上不也说年轻人有时比老人更糊涂吗？但我没有电视，而戈梅是个老手了，谁都不会相信他会自己从梯子上掉下来。"

　　"也许是他突然感到身体不舒服了呢？"

　　"有可能，但这么一来，我们就得弄清楚他为什么会不舒服。"

　　"您对此好像有自己的看法？"

"我觉得有点冷，这讨厌的湿气吹进了我的骨头里。我更喜欢到离海边远一点的地方继续我们的谈话，那个通向办公室的楼梯是个挡风的好地方，你不介意我们一起走几步路吧？"

佐菲娅伸出手臂挽住了老人，他们一起来到办公大楼前的通道上，朱尔走到那间在深夜里依旧灯火通明的办公室窗下。佐菲娅知道老人都有一些怪异的行为，如果爱他们，就不要改变他们的习惯。他们在墙角坐了下来，朱尔抚摸着那条永不离身的苏格兰花呢裤的褶皱。

"那么，戈梅从梯子上摔下来究竟是怎么回事？"佐菲娅继续问道。

"我可什么都不知道！不过，如果你仔细倾听的话，这微风会告诉我们些什么。"

佐菲娅皱起了眉头，但朱尔举起手指放在嘴唇上示意她不要出声。寂静的黑夜里，佐菲娅听到她头顶上的办公室里传来了吕卡低沉的声音。

━━━━━━∽∽∞∽∽━━━━━━

赫特坐在办公桌一端，将一个用牛皮纸扎着的包裹推向了坐在吕卡对面的港口地产负责人特伦斯·华莱士面前。

"先给三分之一，您的管理委员会投票通过征收码头土地的决定之后再给三分之一，剩下的等我签订了港口土地独家商业经营权后全部付清。"A&H 集团副总裁说道。

"我们认为在本周末以前，您就应该召集委员们开会了。"吕卡补充道。

"期限太短了。"华莱士颤抖的声音说道，他还不敢伸出手来接过那个棕黄色的包裹。

"选举就要开始了，能够在此之前宣布将污染严重的货港改造为安静清洁的住宅区的计划，对市政府的官员们将非常有利，这简直是天上掉下来的一块大馅饼！"吕卡趁机将包裹推向了华莱士，"您的工作其实并不复杂！"

吕卡站起身来，推开了窗，继续说道："很快您就不需要再工作了……就算市政府为了感谢您所创造的财富而给您升官，您都可以毫不犹豫地拒绝他们的好意……"

"我所做的只是为了克服一场已经爆发的危机。"华莱士接过话题，谄媚地将一个白色大信封递给了埃德，"在这份机密文件上注明了所有土地的价值，将报价提高百分之十，管理委员会的成员们就不会拒绝您的要求了。"

说完，华莱士立刻接过他的报偿，掂了掂那个沉重的包裹，面露喜色地补充道："我最晚在本周五之前就召集委员们开会。"

吕卡向窗外望去，一个从办公楼底下出发渐行渐远的模糊的身影引起了他的注意。佐菲娅回到了自己的小车上，吕卡似乎感觉到她犀利的目光正射向自己。福特车消失在远方，吕卡低下头问道："您难道一点都不会觉得良心不安吗，特伦斯？"

"码头工人罢工又不是我造成的！"华莱士一边回答一边走出了办公室。

吕卡拒绝了埃德送他回去的好意，独自留在了办公室里。

格雷斯大教堂敲响了午夜的钟声，吕卡套上华达呢外套，打开门走了出去。他将手插进了口袋，用指尖抚摩着那本从旅馆捡来的小说的封面，这本书他一直带在身边。吕卡微笑着仰望星空，高声背诵道："愿苍穹里的光亮分离了白昼和夜晚……愿光明和黑暗从此分离！"

这正是上帝的意愿。

曾经有一个夜晚，曾经有一个清晨……

第 四 日

我有一个不死的身体，但平生第一次，我想要过真正的生活。

我们可以相互依靠，时间久了，

我们最终会在对方身上发现相同的东西……

玛蒂尔德在呻吟中度过了难熬的夜晚，伤痛的折磨令她整宿不得安眠，直到晨曦初现时，痛苦才有所缓解。佐菲娅悄无声息地起了床，穿好衣服，踮着脚离开了公寓。灿烂的阳光透过窗户照亮了小屋，走到楼梯尽头时，佐菲娅遇见了萨兰登小姐。房东太太双手捧着一束硕大的鲜花，用脚踢开了大门。

　　"早上好，汉娜！"

　　汉娜的嘴唇中间捱着一个信封，无法做出回答。佐菲娅赶紧走上前去，接过汉娜手中的鲜花，放在了门边的桌子上。

　　"您真被宠坏了，汉娜！"

　　"我才没人宠呢，这是送给你的！接着，这封信看来也是你的！"汉娜说着将信封递了过来。

　　佐菲娅疑惑不解地拆开了信封，信笺上只有寥寥数语：我要向您解释，请给我电话，吕卡。佐菲娅将信纸塞进了口袋，汉娜似乎十分喜爱那束鲜花,却又不失时机地嘲讽起来:"他简直在跟你开玩笑。看看,这里有将近三百朵不同品种的花,我怎么也找不出一个足够大的花瓶把它们都插进去。"

萨兰登小姐转身向自己房间走去,佐菲娅捧着绚丽多姿的鲜花紧随其后。

"把这些花放在水池边上,我会帮你把它们分成几小束,你回来的时候来取。快走吧,看得出来你已经快迟到了。"

"非常感谢,汉娜,一会儿见!"

"是的,是的,赶快走吧!我讨厌你心不在焉的样子!"

佐菲娅吻了吻房东太太,离开了小屋。汉娜从壁橱里取出五个花瓶,将它们在桌子上摆成一排,又在厨房抽屉里找到了修整花枝的剪刀,精心打理起那些花朵。她久久地盯着一枝紫色的丁香,不知该插到哪个花瓶中,只好先将它搁在一边。楼上的地板发出了一些声响,汉娜放下手中的活儿,开始为玛蒂尔德准备早餐。几分钟以后,她一边托着餐盘走上楼去,一边自言自语地说道:"吃饭,送花……接下来还有什么花招?看来这次可不简单了!"

佐菲娅将车停在"渔夫之家"门前,走进了餐馆。她看见皮勒葛正在餐馆吃饭,警探请佐菲娅在他身边的位子上坐下来:"您的被保护人近况如何?"

"她的身体在渐渐康复,腿上的伤痛比胳膊上的要厉害些。"

"这很正常,"警探开玩笑道,"毕竟我们都不再用手走路了!"

"您来这儿做什么，警官？"

"为了码头工人摔伤的事。"

"看上去您的心情不太好？"

"调查这起事故真令人心烦！您想喝点东西吗？"皮勒葛将身子转向了吧台。

自从玛蒂尔德受伤以后，"渔夫之家"的服务质量就不如人意了，在用餐高峰以后，就连喝一杯咖啡都得具备足够的耐心。

"您知道戈梅受伤的原因吗？"佐菲娅继续问道。

"事故调查委员会认为是梯子的横档出了问题。"

"这可是个坏消息。"佐菲娅喃喃地说道。

"委员会的调查方法缺乏说服力，我和他们的负责人意见不同。"

"您发现了什么？"

"我感觉他坚持说横档被虫蛀了，只不过是敷衍了事。"皮勒葛若有所思地说道，"问题在于委员会里谁都没有注意到保险闸！"

"保险丝和这起事故又有什么关系？"

"酒吧里的保险丝跳了闸当然不是什么大事，在货舱里就很难说了。一个经验丰富的码头工人从梯子上掉下来绝非偶然，要么就是梯子坏了，那个梯子确实有点旧了……要么就是工人自己不小心，但像戈梅这样的老手不会犯这种错误！除非是货舱里的光线太暗，或者突然灯光熄灭了，事故的发生就是不可避免的了。"

"您在暗示有人捣鬼吗？"

"我只是认为，能让戈梅从扶梯上失足坠落的最简单的办法就是弄熄探照灯。当灯光亮着时，工人们几乎要戴着墨镜才能防止被强烈的光线刺伤眼睛，当他们突然陷入一片黑暗之中，您认为会有什么样的事情发生呢？眼睛还没来得及适应光线的变化，身体就已经失去了平衡。从阳光灿烂的地方走进商店或影院时，您难道从来不觉得头晕吗？设想一下，如果您站在二十米高的梯子上，情况又会怎样？"

"您的假设有证据吗？"

皮勒葛从口袋里拿出一块手绢放在桌上，打开手绢，露出一个有烧灼痕迹的小圆螺钉。他对一脸茫然的佐菲娅说道："我发现了一根烧焦了的保险丝，在它的安培数上缺了一个零。"

"我的电学常识可不多……"

"这东西能承载的电压是它所承载的十分之一！"

"这就是证据吗？"

"至少值得怀疑！这种情况下，保险丝最多支撑五分钟就会玩完！"

"但这又说明了什么？"

"在'瓦尔帕莱索'号昏暗的货舱里，我们还没有搞清楚一些事情。"

"调查委员会怎么看？"

"他们认为我手上的东西什么都不能证明，因为我不是在保险闸板上找到它的。"

"而您的想法恰恰相反？"

"是的。"

"为什么？"

皮勒葛推动螺钉在桌面上滚向佐菲娅，佐菲娅拿起螺钉仔细地观察起来。

"我在扶梯下面捡到了这东西，应该是超负荷的电压使它迸飞了出来。捣鬼的人想要消灭罪证，却没能找到它，保险闸有新跳闸的痕迹。"

"所以在您看来，这起事故其实是有人刻意策划的？"

"不一定，我还有一个疑问。"

"什么？"

"动机！让戈梅从货舱高处摔下来有什么目的，发生事故对谁有利，您是怎么认为的？"

佐菲娅感到一阵头晕目眩，她咳嗽起来，用手撑住了额头："我什么都不知道。"

"一点线索都没有吗？"皮勒葛似乎并不相信她的话。

"毫无头绪。"佐菲娅说着又咳嗽了几声。

"真可惜。"警官遗憾地站起身来，穿过酒吧间，走在佐菲娅之前离开了餐馆。他走到自己的小车前，斜倚着车门，转身对佐菲娅说道："永远都不要尝试撒谎，您没有这个天赋！"说完，他向佐菲娅挤出了一个勉强的微笑，便上了车。

佐菲娅跑上前去："有一件事我没对您说。"

皮勒葛看看表，叹了一口气。

"调查委员会昨天傍晚已经宣布过事故与货船本身无关，并且不再派人到船上进行检查。"

"那么，是什么让他们在一夜之间又改变了主意？"警探问道。

"我只知道，如果真是因为货船的扶梯坏了而发生了这起事故，一场大罢工就会爆发。"

"这对委员会又有什么好处？"

"这中间必然有一定的联系，您得想办法调查清楚！"

"那就是说，想要策划工伤事故的人在管理委员会里一定有同谋！"

"一起事故引发一个结果，唯一而确定的结果。"佐菲娅神色不安地自言自语道。

"当务之急我得先把戈梅的个人资料找出来，以便排除其他的假设。"

"我想也只能这样了。"佐菲娅说道。

"您呢，您去哪里？"

"我去参加码头工人的集体大会。"

佐菲娅从警探的车门前让开，皮勒葛踩下油门，小车飞奔而去。快要到达港区出口的时候，皮勒葛拨通了自己办公室的电话，铃声响过七下以后，接线员拿起了电话，警探立刻说道："您好！这里是殡仪馆，皮勒葛先生身体不适，在去办公室的路上逝世了。请问我们是把他的尸体送到警局去，还是直接送到您那儿？"

"好吧！在离我们这儿两个街区的地方有个垃圾处理站，您就把他扔那儿吧！等我有了一个助手，不必每两分钟就接一个电话的时候，我就去看他。"娜塔利回答道。

"说得漂亮！"

"你想干什么？"

"难道你就一点都不担心吗？"

"自从我盯着你的血糖和胆固醇不放以后，你就没犯过病。恰恰相反，我还很怀念你背着我偷吃鸡蛋的时光，至少有时候你难受得连发脾气的力气都没有了。你打来这个恶作剧的电话，是为了向我表示问候吗？"

"我要请你帮个忙。"

"至少你很有手段，我听着呢……"

"去中心资料库查一个名叫费利克斯·戈梅的码头工人的档案，他住费尔默街56号，工号54687。我还想知道是谁告诉你我偷吃鸡蛋的！"

"别忘了我也在警察局工作。你的吃相和你的胡言乱语一样可爱！"

"这是什么意思？"

"是谁把你的衬衣送去熨烫的？好了，不跟你说了，有六个电话进来，说不定还真有一个确实有急事。"

娜塔利挂断了电话，皮勒葛的小车在呼啸的警笛声中拐上了大街。

在港口广场上召开的全体码头工人大会刚开始，足足过了半小时，人群才逐渐安静了下来。芒卡向工人们宣读了由旧金山纪念医院提供的检查报告：戈梅动了三次手术，医生们不敢确定他有朝一日还能否重新工作，但幸运的是腰部的两处骨裂并没有影响到脊髓。戈梅依旧昏迷不醒，但已经没有生命危险了。人群中传来了轻松的叹气和议论声，然而会场里的紧张气氛并没有缓解。广场中间矗立着用两个集装箱临时搭建起来的主席台，工人们簇拥在台前，佐菲娅挤在最后一排工人中间，站在离主席台稍远一些的地方。

芒卡要求大家保持安静："调查委员会的结论是，造成我们的同事受伤的原因很可能是货舱扶梯出了问题。"工头的神色凝重，恶劣的工作条件令码头工人的生命处于危险之中，又有一个受害者为之付出了血的代价。

刺鼻的烟雾从主席台边的集装箱中飘散出来，埃德点燃一支小雪茄，打开了美洲虎（捷豹）车的车窗。他将打火机放回口袋中，用舌尖品尝了一下烟丝，不停地揉搓着双手，码头工人们怒火中烧的情形令他欣喜若狂。

芒卡总结道："我只能建议大家举手表决是否要举行无限期罢工。"

令人窒息的沉寂像乌云压顶一般笼罩着人群，数百人抬起了胳膊，一只又一只手举了起来。对于同事们万众一心的决定，芒卡只好点了点头。

这时，佐菲娅深吸了一口气，大声喊道："别这样鲁莽！你们将落入一个陷阱中！"

工人们惊奇而又愤怒的目光转向了佐菲娅。

"戈梅掉下来并不是扶梯的缘故！"佐菲娅提高了嗓门继续说道。

"她来这儿干什么！"一个工人喊道。

"安检处不用对此负责，你已经够幸运的了！"另一个声音叫道。

"这样说真让人痛心！"佐菲娅感到工人正将愤怒转移到自己身上，"大家都知道，我总是因为过于关注你们的安全而受到批评。"

议论声平息了几秒钟之后，第三个男人问道："那戈梅究竟是怎么掉下来的？"

"总之不是扶梯的缘故！"佐菲娅垂下头，低声回答道。

一个牵引车司机走上前来，不停地用一根铁条敲击着掌心喊道："滚开，佐菲娅！这儿不欢迎你！"

渐渐逼近的工人们令佐菲娅心惊胆战，她向后退了一步，恰好撞到了站在她身后的皮勒葛警探。

"行了，行了！"皮勒葛在她耳边低语道，"您告诉我这场罢工对谁有利，我来帮您应付工人。我知道您了解内情，而您甚至都不肯告诉我您这么做是为了保护谁！"

佐菲娅转头诧异地盯着警探。"警察的直觉，我亲爱的安检官。"皮勒葛苦笑着将保险螺钉在手指间转动。

警官挡在佐菲娅身前，向工人们出示了他的证件，步步紧逼的人群顿时停下了前进的步伐。

"这位年轻的女士很有可能说对了。"警探的出现使混乱的场面立刻安静了下来，皮勒葛对此感到相当满意，"我是旧金山警局重案组的皮勒葛警探，请大家退后几步，拥挤的场面让我害怕。"

没有人退后，芒卡站在主席台上喊道："您来这儿做什么，警探？"

"为了阻止您的工友们犯愚蠢的错误，最终掉进一个大陷阱里，就像这位小姐说的那样。"

"这和您有什么关系？"工头继续问道。

"和我当然有关系！"皮勒葛抬起手臂，他的手指间夹着那个保险螺钉。

"这是什么？"芒卡又问道。

"在戈梅坠梯的货舱里，这个东西本来应该能够保证照明的。"

所有人都转向了芒卡，芒卡提高声音说道："我们不知道您究竟想说些什么，警探。"

"我的老兄，我想说的是，在货舱里，戈梅如果看不清，危险就大了。"

铜质的螺钉在工人们头顶上划出了一道弧线，被丢向工头，芒卡伸手接住了它。

"戈梅的事故实际上是一个精心策划的阴谋，"皮勒葛说道，"这个保险螺钉的承载电流比平常的小了十倍，你们可以自己看看。"

"为什么要这么做？"一个声音问道。

"为了让你们罢工。"皮勒葛的回答言简意赅。

"这种保险螺钉在船上到处都找得到。"一位工人说道。

"您说的和调查委员会的报告完全不一样。"另一个声音喊道。

"安静！"芒卡大声说道，"假设您说的是事实，那又会是谁捣的鬼？"

皮勒葛看看佐菲娅，叹了一口气，无奈地回答道："事情的真相还没有完全水落石出！"

"那就带着您荒唐无稽的推测从这儿离开！"一位工人挥舞着撬棍喊道。

警探的手缓缓伸向他的手枪，气势汹汹的工人们向他和佐菲娅一步步逼近，如同波涛汹涌的潮水，不久就要将他们湮灭。突然，佐菲娅认出了那个站在主席台边的集装箱前紧盯着她的人。

"我知道谁是罪犯！"吕卡平静的声音让工人们都愣住了，他推开了集装箱的大门，一辆美洲虎车出现在所有人面前。吕卡指着正慌忙转动车钥匙准备发动汽车的人说道："在罢工以后，有许多人会耍尽手段来购买你们曾经工作过的土地，问问这个人，他就是买主！"

赫特猛地踩下了油门，车轮在沥青马路上迅速打转。为了躲避群情激愤的码头工人，A&H 集团副总裁驾着他的豪华公务车在起重机之间拼命逃窜。

皮勒葛催促芒卡制止愤怒的工人："赶紧让他们停下来，否则会出人命的！"

工头用双手揉搓着膝盖，扮了个鬼脸。"我的关节炎又犯了，"他呻吟道，"码头一年四季都是那么潮湿，这是职业病，我又有什么办法？"说完，芒卡便一瘸一拐地走远了。

"你们两个待在这儿别走开。"皮勒葛无可奈何地嘟哝道，他撇下了吕卡和佐菲娅，独自朝着工人们追的方向跑去。

等到皮勒葛的身影消失在一辆牵引车后，吕卡才向佐菲娅走去，将她的手握在自己掌心中。佐菲娅犹豫了片刻，终于忍不住问道："您不是天使监察员，对吗？"她的声音中充满了希望。

"不，我听不懂您在说什么。"

"您也不是为政府工作的？"

"可以说我的工作性质也差不多，有许多事情我以后会对您解释的。"

从远处传来了一阵敲击声，吕卡和佐菲娅面面相觑，赶忙向着声音发出的方向跑去。

"如果工人们对赫特动了手，他可能就体无完肤了。"吕卡一边说一边小步奔跑起来。

"那就祈祷工人们还没找到他吧！"佐菲娅追赶了上来。

"哦！不管怎么说，这是他应得的！"吕卡超出了佐菲娅大约两步的距离。

佐菲娅又赶上了他。

"您可一点也没有疲劳的样子！"吕卡惊讶地问道。

"说到跑步，我是不会觉得累的。"佐菲娅对自己充满了信心。

吕卡做了一个鬼脸，使出全身的力量，率先冲入了在两排集装箱之间弯曲向前的小路，佐菲娅也加快步伐，跑到吕卡的前面，不让他再有机会超过她。

"他们在那儿。"始终跑在前面的佐菲娅气喘吁吁地说道。

吕卡冲刺般地赶上了佐菲娅。一缕白烟从远处飘来，一辆装卸车的车铲已经将赫特的美洲虎戳了一个大洞。佐菲娅放慢脚步，深深地喘了一口气："我负责找到赫特，你来应付工人们……等你赶上我的时候。"说完她又飞奔而去。

佐菲娅绕过了包围着汽车残骸的密密麻麻的人群，头也不回地向前跑去，生怕浪费了宝贵的几秒钟，想到身后吕卡的脸色，佐菲娅忍不住笑了起来。

"这真可笑，据我所知，我们可不是在赛跑！"吕卡在距离佐菲娅三步远的地方喊道。

工人们一言不发，围观着空无人影的汽车。一个工人跑过来告诉大家，警卫没有发现任何人离开港区，埃德应该还被困在码头上，肯定是躲进了哪个集装箱中。人群立刻分散了，工人们争先恐后地朝着不同的方向跑去，想要第一个找到那个可耻的逃犯。

吕卡靠近佐菲娅说道："我可不愿成为那个可怜的家伙。"

"您似乎觉得这很好玩！"她气愤地回答道，"还不快帮我在他们之前找到赫特！"

"我已经跑得喘不过气来了，这究竟是谁的错！"

"真是无理取闹！"佐菲娅双手叉腰，"是谁先开始的！"

"是您！"

朱尔的声音打断了两人的斗嘴："你们的交谈似乎非常热烈，不过如果两位愿意等一会儿再继续争论，我们也许就能挽救一个生命。跟我来吧！"

一路上，朱尔对他们解释说，在罪行败露之后，埃德丢下了汽车，慌忙向港区出口逃去，经过七号桥洞的时候，气势汹汹的工人们很快就要追上他了。

"他现在在哪儿？"走在流浪汉身边的佐菲娅焦急地问道。

"在一堆乱糟糟的衣物下面。"为了说服埃德躲在他的小推车里，朱尔花了不少力气，"我从来没见过那么让人讨厌的人，这简直要了他的命！"

朱尔继续发着牢骚："我只好指着大海，告诉他工人们会毫不客气地把他扔进去洗个澡，令人恶心的泡沫终于让他觉得我的被褥还不算太脏。"

吕卡一直走在佐菲娅和朱尔身后，他加快步伐，赶上了他们，嘀咕道："是的，是您先跑的！"

"绝对不是。"佐菲娅回头轻声说道。

"是您第一个开始加快速度的。"

"也不是！"

"好了，你们两个也该吵够了！"朱尔说道，"警探和赫特在一起，必须想办法把他偷偷地从这儿送出去。"

皮勒葛举手向他们示意，三人走上前去，警探开始指挥营救行动：

"工人们正在搜寻起重机边上的每一个角落，他们很快就会找到这儿来。你们两人中的一个可以将自己的车开过来，但千万不能让他们察觉。"

佐菲娅的车停在了太显眼的地方，她去取车容易引起工人们的注意。吕卡沉默不语，伸出脚尖在码头布满灰尘的土地上画了一个圆圈。

朱尔用眼神示意吕卡看了一眼码头上的起重机，起重机边上停着一辆残破不堪的雪佛兰轿车，这已经是从大海中捞出来的第七辆车了。

"我知道在离这儿不远的地方可以找到汽车，不过这些车子启动的时候，进了水的马达会发出奇怪的声音！"老流浪汉对吕卡附耳轻声说道。

皮勒葛警探怀疑的目光射向了吕卡。"我去找你们想要的东西。"吕卡嘟哝着走远了。三分钟以后，他开着一辆宽敞的克莱斯勒车来到了桥洞前，朱尔将小车推了出来。在皮勒葛和佐菲娅的搀扶下，赫特爬出推车，钻进了吕卡的车，横躺在后座上，朱尔用一条被子把他盖得严严实实。

"把被子还给我以前，可别忘了清洗一下。"朱尔说着关上了车门。

佐菲娅坐在吕卡身边的副驾驶座上，皮勒葛走到车窗前说道："不要拖延时间了！"

"要我把您送回警局吗？"吕卡问道。

"回警局干什么？"警探气恼地问道。

"您不是还要审问赫特吗？"佐菲娅问道。

"我唯一的证据就是一个两厘米长的铜质螺钉，为了保护您，我把这个都丢了！"皮勒葛耸耸肩，"不管怎么说，保险螺钉不就是用来起到防止电压过高的作用的吗？走吧，快开车！"

吕卡踩下油门，汽车带着飞扬的尘土疾驰而去。小车沿着海岸行驶，佐菲娅和吕卡听见埃德艰难地说道："吕卡，你会为此付出代价！"

佐菲娅掀开被子一角，赫特涨得通红的脸露了出来。"我可不觉得现在是说这些的好时机。"她平静地说道。

然而，恼羞成怒的副总裁先生似乎已经无法制止自己眼皮的跳动，继续对吕卡喊道："你完了，吕卡，你不知道我有多厉害！"

吕卡一脚踩下刹车，小车向前滑行了几米路，他双手紧握方向盘，转头对佐菲娅说道："下车！"

"您要做什么？"佐菲娅不安地问道。

吕卡重复了一遍他的命令，强硬的语气容不得半点争论的余地。佐菲娅只好下了车。车窗被关上了，在后视镜里，赫特看到吕卡的眼神越来越阴沉。

"是您不知道我的厉害，我的老兄！"吕卡说道，"不必担心，我现在就让您领教领教！"

吕卡抽出车钥匙，下了车。他还没走出一米远，所有的车门就被锁上了。马达渐渐加速，赫特坐起身来，看到仪表盘中间的转速表显示马达已经达到了每分钟四千五百转，轮胎在沥青马路上飞速转动，汽车却纹丝不动。吕卡将双臂交叉在胸前，似乎十分担心地望着这一幕，轻声说道："车子出问题了，毛病在哪儿呢？"

佐菲娅走上来使劲摇晃着吕卡的胳膊，焦急地问道："您这是干什么？"

　　车厢内的埃德感觉到一股无法抗拒的力量将他牢牢地吸在后座上，后座的椅背也被这股强大的吸力连根拔起，贴在了后窗上。为了防止自己的身体不断后倾，埃德死命地抓住了前座的皮质椅套，不久就将皮套扯出一道裂缝。绝望之中，埃德只好握住了车门上的扶手，他的指关节很快变成了青紫色，再也无力抵抗。埃德越是挣扎，他的身体就越向后倾，巨大的力量毫不留情地将他往轿车的后备厢吸去。埃德的手无助地抓挠着皮椅，当他被关进了后备厢之后，后座的椅背立刻回到了原来的位置，那股吸力也顿时消失了。埃德的眼前一片黑暗，汽车仪表盘上的转速表指针已经接近了极限。在车厢外，马达的吼声震耳欲聋，冒着白烟的轮胎在地上留下了乌黑的痕迹，整部车都在剧烈地颤抖。佐菲娅十万火急地冲上前去营救埃德，车里却空无一人，她惊慌失措地转向吕卡，而吕卡却专心致志地摆弄着手中的车钥匙。

　　"您把他怎么了？"佐菲娅问道。

　　"他好好地待在后备厢里。"吕卡若有所思地答道，"这车子有些不太对劲……我忘了些什么？"

　　"您真是无聊透顶！一旦刹车失控……"

　　佐菲娅还没来得及说完，吕卡如释重负地点了点头，兴奋地打了个响指。车里的手动刹车立刻松开了，轿车向大海疾驰而去。佐菲娅赶紧朝堤岸跑去，却只能看着车尾缓缓地沉入了海水中。后备厢盖被打开了，埃德在八十号码头混浊的海水中艰难地挣扎，就像一个漂流在水面上的瓶塞。副总裁先生终于笨拙地爬上海边的石阶，一口接一口地吐着他吞下的脏水。轿车沉入了海底，吕卡野心勃勃的房产计划也随之同归于尽，他站在广场上，眼中竟流露出孩子般做了坏事后被当场发现的羞愧。

"您不觉得有点饿了吗？"吕卡对迈步向他走来的佐菲娅说道，"发生了那么多事，我们连午饭时间都错过了，不是吗？"

佐菲娅用犀利的眼光看着他："您究竟是什么人？"

"这解释起来有点费事。"吕卡不安地答道。

佐菲娅从他手中抢过了车钥匙："您做的这一切，是为了证明您是魔王的儿子，还是他最出色的学生？"

吕卡提起脚尖，在沙地上的那个圆圈中间添上了一条笔直的线，他低下头，嗫嚅着说道："您难道还没看出来吗？"

佐菲娅向后退了一步，接着又倒退了两步。

"我是他的使者……他的精英！"

佐菲娅用手捂住了嘴，不让自己喊出声来。"不是您……"她喃喃着看了吕卡最后一眼，逃跑似的疾奔而去。吕卡高声呼喊着佐菲娅的名字，海风却将他的声音撕成了碎片。

"见鬼！你不是也没对我说实话吗？"吕卡懊恼地抹去了地上的圆圈。

在那间宽敞的办公室里，撒旦关闭了他的监视屏，屏幕中间吕卡的脸渐渐缩小成了一个白点。撒旦摇晃着他的转椅，接通了内线电话："让布莱斯立刻来见我！"

≈≈≈

吕卡徒步走到了停车场，开着一辆浅灰色的道奇车离开了码头。门卫刚放下栏杆，吕卡就从衣袋深处找出一张名片，将它卡在风挡玻璃上，拿起手机拨通了他唯一熟知的记者的号码。铃声响过三遍之后，埃米接起了电话。

"我一直都不明白，那天你为什么要怒气冲冲地离开。"吕卡说道。

"我没想到你会打电话来，算你得了一分。"

"我想请你帮个忙！"

"你丢掉了刚得的那一分！我呢，帮你对我有什么好处？"

"我会送给你一份礼物！"

"如果是送花，不如你留着自己欣赏吧！"

"是一条独家新闻！"

"你是要我来发布这条新闻吗？"

"我希望如此。"

"除非我们再共度一个激情浪漫的夜晚，像上次一样。"

"不，埃米，这不可能了。"

"如果我放弃早晨起来淋浴的权利呢，仍旧不可能吗？"

"不可能。"

"像你这样的家伙也会坠入爱河，这真让我绝望！"

"拿起你的录音机，是关于某一个房地产巨头的新闻，他倒霉的遭遇会让你成为最幸运的记者！"

道奇车在第三大道上奔驰，吕卡结束了和埃米的通话，驱车拐上范奈斯大街，朝着太平洋高地的方向驶去。

❧

布莱斯敲了三下门，将不停冒汗的双手在裤腿上蹭了蹭，才走进了撒旦的办公室。

"您要见我吗，总统？"

"有必要明知故问吗，笨蛋？站在那儿别动！"

布莱斯诚惶诚恐地站直了身体，"总统"打开抽屉，将一个红色文件袋推到了办公桌的另一端。布莱斯一路小跑过去拿起了文件袋，乖乖地回到了他的主人跟前。

"蠢货，你难道认为我是让你来替我打扫办公室的吗？打开那个袋子，傻瓜！"

布莱斯颤抖着打开了文件袋，立刻认出那是一张吕卡搂着佐菲娅的照片。

"我可以拿这个作为今年的圣诞卡片了，不过还缺少一个动听的故事。"撒旦握住拳头敲击着桌面，继续说道，"我想你会给我一个解释，因为他是你挑选出来的我们最优秀的使者！"

"这照片拍得很精彩，不是吗？"大汗淋漓的布莱斯含糊地说道。

"这么看来，"撒旦在大理石的托盘中摁灭了香烟，"要么就是你幽默过了头，要么就是有些事我还被蒙在鼓里。"

"您难道不觉得，总统，这个……但是……好吧，您看，"布莱斯故作镇定地说道，"这一切都在预料之中，我们完全控制了局势。吕卡总有一些惊人之举，他真是聪明绝顶！"

撒旦又从口袋里掏出一根烟点燃，深吸了一口，将烟雾喷向了布莱斯的脸："千万别跟我胡说八道……"

"我们似乎就快要失败了，但其实我们正在慢慢拉拢您老对手的宠儿。"

撒旦站起身来，走到落地窗前，将双手放在玻璃上，沉思片刻后说道："停止你的假设吧，我讨厌这个。希望你说的是真的……否则，你会为谎言付出可怕的代价。"

"您尽管放心吧。"布莱斯嗫嚅着踮起脚走了出去。

撒旦独自留在办公室里，他在长桌一端的椅子上坐下来，打开了监视屏。"我还是要证实一些事情。"他嘟哝着接通了内线电话。

❧

道奇车在范奈斯大街上行驶，吕卡放慢车速，拐上了太平洋大街。他摇下车窗，打开收音机，点燃了一根香烟。在穿越金门大桥的时候，他关掉了收音机，将烟头扔出窗外，再次关上车窗，安静地朝着索萨里多驶去。

❧

佐菲娅将福特车留在了地下停车场，来到了联合广场。她穿过街心公园，漫无目的地走在弯曲向前的小径上。一位妇女坐在长凳上哭泣，佐菲娅在她身边坐下来，询问她出了什么事。在得到回答以前，佐菲娅自己也被强烈的伤感湮没了。

"我很抱歉。"佐菲娅强忍着眼泪走开了。她在人行道上踽踽独行，观赏着高档商店的橱窗。她看到了玛西斯商场的转门，毫无意识地走了进去。刚进门，从上到下穿着一身嫩黄色制服的促销小姐就大方地请她试用最新推出的"金色海港"香水。佐菲娅浅浅一笑，拒绝了促销员的盛情，问她在哪里可以找到"红礼服"香水。

年轻的促销员毫不掩饰她的不满，耸了耸肩答道："右边第二个柜台！"望着远去的佐菲娅，促销小姐对准她的后背喷出两团黄色的香雾，大声喊道："其他品牌的香水也有权存在！"

佐菲娅走近"红礼服"专柜，腼腆地拿起试用装，拧开长方形的瓶盖，在手腕内侧滴上了两滴香水。她抬起手臂，贴近自己的脸颊，紧闭双眼，嗅吸着那优雅的芳香。她仿佛看到了金门大桥上的薄雾向索萨里多渐渐飘去，在寥无人迹的小路上，一个全身黑衣的男人正孤独地沿着河边漫步。

女店员的声音打断了佐菲娅的沉思，她环顾四周，兴高采烈的女人们拎着大大小小包装精美的购物袋在商场里穿行。佐菲娅低下头，将香水瓶放回原处，走出了商场。她取回了车，往盲人培训中心赶去。课堂上一片寂静，学生们都很听话。下课铃响过之后，她对学生们说了一声"谢谢"，便匆匆离开了教室。佐菲娅回到家，发现门厅中摆着一个插满了各色鲜花的硕大的花瓶。

"我怎么也没办法把它弄到楼上去，"汉娜打开房门说道，"你喜欢吗？这花瓶放在门口很漂亮，不是吗？"

"是的。"佐菲娅咬住嘴唇回答道。

"你怎么了？"

"汉娜，您难道不是总能未卜先知的吗？"

"不，我可没这本事。"

"那就请您把这束花摆到您房里去，好吗？"佐菲娅的声音透露出了她的虚弱。

话音刚落，佐菲娅便朝楼上走去。汉娜望着她的背影消失在楼梯转弯处，喃喃地说道："我曾经提醒过你的！"

玛蒂尔德放下手中的报纸，打量着她的朋友："今天过得好吗？"

"你呢？"佐菲娅将拎包放在了衣帽架下面。

"这就是你的回答吗？不过，看你的脸色，你不必急着回答我的问题。"

"我累了，玛蒂尔德！"

"到我床上来坐一会儿！"

佐菲娅只好照办，可她的身体一接触到床垫，玛蒂尔德就呻吟了起来。

"真对不起！"佐菲娅重新站了起来，"那么，这一天你过得怎样？"

"十分精彩！"玛蒂尔德做了一个鬼脸，"我打开冰箱，说了一个笑话，你知道我很有幽默感，一个西红柿立刻笑破了肚子。下午的时间里，我一直在试着用芹菜做香波。"

"今天你的伤口是不是还很痛？"

"只有在我练杂技的时候才疼！现在你可以坐下来了，不过得小心点！"玛蒂尔德转头看了看窗外，赶紧对佐菲娅说道，"站着别动！"

"为什么？"佐菲娅问道，她显然被弄糊涂了。

"因为你两分钟之后就得站起来。"玛蒂尔德头也不回地说道。

"发生什么事了？"

"我真不敢想象他又来这一套了！"玛蒂尔德忍俊不禁地说道。

"他在下面吗？"

"这家伙真是迷人，如果他有一个孪生兄弟的话，我至少还有机会！他正弯着身体靠在轿车上，手捧鲜花等着你呢！去吧，下楼去吧！"玛蒂尔德话音未落，房间里就只剩下她一人了。

佐菲娅的身影刚出现在街道上，吕卡就站直了身子，将手中那盆精心插种在培土中的红色睡莲递了过来："我一直都不知道您最喜欢什么花，但希望这花至少能让您开口和我说话！"

在佐菲娅沉默不语的注视中，吕卡走上前来说道："我请求您给我一个解释的机会！"

"解释什么？"她问道，"没什么可说的了。"

佐菲娅转身向家中走去，在门前停下脚步，重新回到了大街上，来到吕卡面前，一言不发地接过那盆睡莲，再次向小屋的方向走去。大门在她身后合拢了，汉娜挡在楼梯口，一把接过了佐菲娅手中的花。

"我来负责这个，而你呢，我给你三分钟的时间上楼准备。骄傲和任性是女人的特权，不过可别忘了，做得太绝了就什么都得不到了，这可不是什么好事。好了，去吧！"

佐菲娅正要反对，汉娜却双手叉腰，用命令的口气说道："不要再跟我说什么'但是'了！"

佐菲娅回到了自己的房间，朝着衣橱走去。

"我不知道为什么，可是一见到他，我就预感到今晚我只能和汉娜一起吃火腿加土豆泥了。"玛蒂尔德依旧趴在窗台上，目不转睛地盯着英俊的吕卡。

"够了！"佐菲娅已经按捺不住自己烦躁的情绪了。

"我觉得这样挺好，你呢？"

"别惹我，玛蒂尔德，我现在心烦意乱。"

"我的老朋友，我知道你是感到寂寞了。"

佐菲娅没有回答，她从衣帽架上取下了风衣，向着门口走去，身后传来了玛蒂尔德率真的声音："爱情故事通常会有个皆大欢喜的好结果！……我是个例外。"

"求你别乱发表意见了，你都不知道自己在说些什么。"佐菲娅答道。

"如果你认识我的前男友，你就会知道什么是地狱了！去吧，祝你度过一个愉快的夜晚。"

汉娜将睡莲放在了小圆桌上，盯着鲜花喃喃地说道："总算来了！"她看了一眼壁炉上方镜子中自己的身影，急忙理了理她的一头银发，轻手轻脚地向门口走去。她从门缝里探出了头，对在人行道上来回踱步的吕卡小声说道："她就来了！"楼梯上响起佐菲娅的脚步声，汉娜赶紧回到了自己的房间。

吕卡背靠在一辆淡紫色的小车上，佐菲娅走近了他问道："您来这儿做什么？您究竟想要什么？"

"第二次机会！"

"要给人留下一个好印象，从来都不会有第二次机会。"

"今晚我会努力证明您错了。"

"为什么？"

"本该如此。"

"这样的回答未免太简单了！"

"好吧，因为今天下午我又去了索萨里多公园。"吕卡说道。

佐菲娅注视着吕卡，她第一次感受到吕卡也有脆弱的一面。

"我不愿看到夜幕降临，"吕卡继续说道，"不，没有这么简单。我已经习惯了对许多事物视而不见，然而就在刚才，我有一种完全相反的感觉。平生第一次，我想要……"

"想要什么？"

"想要见到您，听到您的声音，和您说话！"

"还有什么呢，是不是还要我找到一个相信您的理由？"

"跟我走吧，别拒绝和我一起吃晚餐！"

"我不饿。"佐菲娅垂下了眼帘。

"您从来就不会感觉到饥饿！不只是我没说实话……"吕卡打开车门，微笑着说道，"我知道您是谁。"

佐菲娅迷惘地看了一眼吕卡，顺从地上了车。街道上空无一人，紫色的轿车很快消失在路的尽头。玛蒂尔德缓缓拉上了窗帘，与此同时，小屋底层的窗纱也垂落了下来。

小车缓慢地行驶在淅淅沥沥的秋雨中，车内的两个人都沉默不语。佐菲娅望着窗外，似乎想从无尽的天空中找到一些问题的答案。

"您是什么时候知道的？"她问道。

"几天以前。"吕卡尴尬地搓着下巴。

"越来越让人吃惊。在此期间，您竟然什么都没说！"

"您呢，您不也是守口如瓶吗？"

"我不会撒谎！"

"我也不是生来就该说实话的！"

"那么，要我怎样才能不相信这一切都是您的阴谋诡计，您从一开始就欺骗了我！"

"如果是这样，我就太低估您了。再说，也许是您欺骗了我，所有事物的反面都可能存在！目前的情况证明我是对的。"

"什么情况？"

"温馨的感觉，您和我在同一辆车上，不知该往哪里去，这种温馨的感觉陌生而又无法抵挡。"

"您想要做什么？"佐菲娅问道，她的目光茫然地望着在湿漉漉的马路上穿梭的行人。

"我也不知道，只想和您在一起。"

"别再说了！"

吕卡踩下了刹车，小车在潮湿的沥青路面上滑行了一段路，最后停在一个交通灯前方。

"整个夜晚、整个白天，我都在想念着您。我感到很痛苦，我去了索萨里多公园散步，可在那儿，我满脑子想的还是您。我无时无刻不在想念着您，这种感觉是那么温馨。"

"您都不知道自己在说些什么。"

"这些都是我以前从未感受过的。"

"你不要再对我大献殷勤了！"

"我们终于能以'你'相称了，我做梦都在盼着这一天！"

佐菲娅没有回答，交通灯由橙色转为绿色，又由橙色转为红色。雨刮器有规律地左右摇摆，拭去了风挡玻璃上细密的雨点，也打破了两人间的寂静。

"再说，我也没怎么对您献殷勤！"吕卡说道。

"我不觉得您做得不好，"佐菲娅坦率地点点头，"我只是说您对我献过殷勤，这是两码事！"

"那么我可以继续喽！"吕卡问道。

"后面的车都不停地用灯闪我们呢。"

"他们只能耐心等着，现在是红灯！"

"是的，可这已经是第三个红灯了！"

"我不明白自己是怎么了，我也不想再搞清楚，但我知道，只要能和您在一起，我就心满意足了，可我不懂得该怎样表达自己。"

"说这些还为时过早。"

"因为我们首先得说出事实真相？"

"是的。"

"那么，请帮助我，让我能以诚相待，这比我想象的更困难。"

"是的，做一个诚实的人的确很难，吕卡，比您想象的更难。这世界上充满了遗忘和不平，但是欺骗和谎言只会蒙上您的眼睛。所有这些对您来说都太复杂了，我们两人根本不是同类，差别太大了。"

"正好相辅相成，这么说我同意。"吕卡的声音中充满了希望。

"不，我们之间只有差别。"

"既然这些话是从您嘴里说出来的，我相信……"

"您终于相信了？"

"别这么绝对，我只是觉得差别嘛……可能是我错了，也许我还是对的，这种矛盾真让人沮丧。"

吕卡下了车，将车门敞开着，佐菲娅跟着他冲进雨中，两人身后随即响起了一阵嘈杂的汽车喇叭声。佐菲娅叫着吕卡的名字，但在滂沱大雨中，他已经听不见她的呼喊。她终于追上了他，死死拽住他的胳膊。他转过身来，面对着她。佐菲娅的头发湿漉漉地贴在了她的脸颊上，吕卡轻柔地拨开了一缕卡在她双唇之间的头发，她推开了他的手。

"我们来自两个世界，我们有各自的信仰，我们抱着不同的希望，我们的文化如此遥远……这一切都决定了我们的对立，我们能怎么办？"

"您害怕了！"吕卡说道，"是的，恐惧让您全身颤抖。您列出了一大堆理由，却不敢承认是您不敢面对事实，尽管您一直在比较着盲目和真诚。您整天都在说教，然而不付诸行动的言语简直一文不值。不要对我进行宣判！是的，我是您的反面，您的对手，和您不尽相同，但我们也有共同点，我是您的另一半。我不知道该怎样表达我内心的感觉，因为这两天以来，我无法用语言说出萦绕在我脑海里的想法。我甚至觉得这一切都可以改变，正如您所说的，我的世界，您的世界，他们的世界，都将改变。我不在乎以前经历过的斗争，我想忘掉那些黑暗的夜晚和无聊的周末。我有一个不死的身体，但平生第一次，我想要过真正的生活。我们可以相互依靠，时间久了，我们最终会在对方身上发现相同的东西……"

佐菲娅伸出手指放在吕卡的嘴唇上，打断了他的话："在两天时间之内吗？"

"两天零三分钟！这对我来说意味着永恒！"

"您又来了！"

天空中传来一声响雷，大雨渐渐转为声势逼人的暴风雨。吕卡抬起头看着夜空，从来没有一个夜晚如此漆黑可怕。

"快来吧！"他坚决地说道，"我们必须立刻离开这儿，我有一种不祥的预感。"

吕卡不由分说地拉着佐菲娅跑向了小车，车门刚合上，他就踩下了油门，甩开了身后排着长队的汽车。吕卡的车猛地拐向了左边，避开了人们的眼光，驶进了横穿丘陵的隧道。地下通道里空空荡荡，小车沿着右边通向唐人街的车道行驶，霓虹灯光划过了风挡玻璃，忽明忽暗的白光照亮了车厢。

雨刮器突然停止了摇摆。"可能是接触器出了问题。"吕卡说道，所有车灯也同时熄灭了。

"不止一个地方出了毛病。"佐菲娅说道，"停车吧，我们什么都看不见了。"

"我喜欢这样。"吕卡踩下了离合器，没有感觉到一点阻力，他抬脚放开离合器，按照这个速度，在到达通向五条纵横交错的大街的隧道出口处之前，汽车根本无法停下来。这对吕卡来说没什么大不了的，他知道该怎么对付，他转头看了一眼佐菲娅。在短暂的一瞬间，他使出全身力量握紧了方向盘，大喊道："坐稳了！"

吕卡一把拉过了方向盘，小车改变了方向，猛地撞上了隧道内壁，车窗前迸发出几束耀眼的火花，两声巨响之后，前胎也爆裂了。轿车歪歪斜斜地向前滑行，最终横在路面中央。车头撞上了安全轨道，车尾翘了起来，整个车身像跳华尔兹似的打了几个滚，四脚朝天地向隧道出口滑去。佐菲娅握紧了拳头，汽车终于在距离路口几米远的地方停了下来。头脚倒置的吕卡看了一眼身边的佐菲娅，知道她安然无恙，长长地舒了一口气。

"您没什么事吗？"佐菲娅问吕卡。

"您是在开玩笑吧！"他拍着身上的灰尘回答道。

"这就是人们所说的连锁反应！"佐菲娅扭动身子，挣扎着想要逃出那个令人不舒服的车厢。

"可能吧，在下一个环节到来之前，我们还是赶紧从这儿出去吧！"吕卡一脚踢开了车门。

他绕过冒着白烟的车身，将佐菲娅从车厢中拖了出来。佐菲娅刚站稳，吕卡便拉着她的手向唐人街中心地带飞速跑去。

"我们为什么要跑得那么快？"佐菲娅问道。

吕卡没有回答，继续向前飞奔。

"至少放开我的手，行吗？"她气喘吁吁地说道。

吕卡松开了手，不再拖着佐菲娅奔跑。在一条昏暗的小路边，他停下了脚步，几盏路灯懒洋洋地将光线投射在两人身上。

"快进去，"吕卡指着一家小餐馆说道，"我们在里面不会那么危险。"

"什么危险？发生了什么事？您看上去就像一只被猎狗盯上了的狐狸。"

"抓紧时间！"

吕卡推开餐馆的大门，佐菲娅却纹丝不动，他只好走过来想把她拽进去，可她还是倔强地抵抗。

"这不是耍性子的时候！"吕卡伸手去拉她的胳膊。

佐菲娅侧身闪开，一把推开了吕卡："您才让我们经历了一场车祸，根本没有人追，您还拉着我疯跑了一大段路，我的肺都快要跑炸了，您对此却不做任何解释……"

"跟我来，我们没有时间争吵。"

"我凭什么相信您？"

吕卡迈步向小餐馆走去，佐菲娅犹豫了一会儿，最终跟着吕卡走了进去。饭馆的规模不大，佐菲娅数了数，只有八张餐桌。吕卡挑选了店堂深处的一张餐桌，为佐菲娅拉开了椅子，自己也坐了下来。身着中式服装的侍者来为他们点菜，吕卡没有打开菜单，就用标准的汉语要了一份菜单上不曾列出的炸虾片。侍者微微鞠了一躬，向厨房走去。

"您得告诉我究竟发生了什么，吕卡，否则我就离开这儿。"

"我认为我刚刚得到了一个警告。"

"这难道不是一起普通的车祸吗？他们为什么要这么做？"

"因为您！"

"但这又是为什么？"

"因为他们预见了一切，却没想到我们相遇了！"

佐菲娅从蓝色的小碗里拿起一块炸虾片，在吕卡的注视下慢慢啃了起来。年迈的侍者送来了茶水，吕卡将一杯热气腾腾的茶放到了佐菲娅面前。

"我非常想相信您，可如果您是我，您会怎么做？"佐菲娅问道。

"我会站起来，立刻离开这地方……"

"您又来了！"

"最好还是从后门出去。"

"这就是您希望我做的事吗？"

"正是！无论如何都不要回头，我数到三，您就站起来，我们向厨房后门跑，就现在！"

吕卡抓住了佐菲娅的手腕，拖着她飞速穿过厨房，他用肩膀撞开了后门，两人跑到后院中，推开一辆嘎吱作响的垃圾车，好不容易找到了一条出路。佐菲娅终于明白了：黑暗的夜色中隐约浮现出一个身影，在从窗户透出来的灯光照耀下，一支枪正瞄准他们。佐菲娅迅速地观察了一眼四周，他们被困在三面墙壁中间。在几秒钟之内，五声枪响划破了寂静。

吕卡扑向佐菲娅，用自己的身体掩护着她，佐菲娅想要将他推开，却被吕卡死命地堵在围墙边。第一枪从吕卡的大腿边上掠过，他蜷缩着膝盖躲过了射向腰部的第二枪，立刻又站直了身子，第三枪从吕卡的肋下弹了回去，他感到一阵刺痛，第四枪没能射入吕卡的脊椎，然而他却被吓得呼吸困难。第五枪响起的时候，吕卡感觉到烧灼般的剧痛，这颗子弹终于进入了他的身体，吕卡的左肩负了伤。

在完成自己的使命之后，枪手迅速地逃走了。枪声沉寂之后，安静的街道中能清晰地听见佐菲娅的呼吸声。她把吕卡搂在怀中，将他的头枕在自己肩上。吕卡紧闭着双眼，脸上似乎还带着微笑。佐菲娅晃动着吕卡瘫软的身体，在耳边轻声呼唤着他的名字。

吕卡没有反应，佐菲娅更加使劲地摇晃他："吕卡，别开玩笑了，睁开眼睛！"

吕卡仿佛酣睡中的孩子，一动也不动。佐菲娅越来越害怕，她紧紧抱着吕卡，一滴眼泪从她的面颊上滑落下来，她感到胸口传来从未有过的疼痛憋闷："这样的事不会发生在我们身上，我们是……"

"……已经死了……坚不可摧……长生不死？是的，当魔鬼的使者也有些好处，不是吗？"吕卡突然兴高采烈地站了起来。

佐菲娅目瞪口呆地望着他，一时无法理清自己的情绪。吕卡将脸凑近了佐菲娅，佐菲娅使劲躲闪，然而吕卡的唇最终还是在她嘴边印下了一个犹如毒药般令人痴迷的吻。佐菲娅后退了一步，看着吕卡沾满鲜血的手问道："那你又为什么会出血？"

吕卡抬起胳膊，鲜血在他的手臂上流淌。"这绝对不可能，又是出人意料的事情。"他说完便晕了过去。

佐菲娅只好又将吕卡搂在怀中。

"我们究竟经历了什么事？"苏醒过来的吕卡问道。

"我的事一言难尽，至于你嘛，我想是一颗子弹射穿了你的肩膀。"

"我觉得很疼！"

"对你来说，这也许有些不合逻辑，但实际上很正常，你应该去医院。"

"我不去。"

"吕卡，我根本不懂得该怎样救治撒旦的使者，但看来你也是血肉之躯，而且伤口还在流血。"

"我认识一个人，他住在这个城市的另一端，在伤口结痂之前，他就能把它缝上。"吕卡捂住伤口说道。

"我也认识一个人能替你包扎伤口。别说了，跟我走吧。今天晚上发生了那么多事，我已经被折腾够了。"

佐菲娅搀扶着吕卡向小巷子走去，在路的尽头，她看到那个偷袭者毫无生气地躺在一堆垃圾底下，佐菲娅惊奇地转头看着吕卡。

"至少我还有点自尊心，不能输得太没面子。"吕卡抬腿跨过那个人，头也不回地向前走去。

他们拦下了一辆出租车，十分钟以后，两人来到了佐菲娅的家。佐菲娅领着吕卡迈上了台阶，示意他不要发出声音。她小心翼翼地打开了大门，两人蹑手蹑脚地走上了楼梯。当他们走上二楼的时候，汉娜的房门轻轻地掩上了。

❧

布莱斯全身僵硬地坐在办公桌后，熄灭了监视屏。他的手心直冒冷汗，额头上也涌出了豆大的汗珠。电话铃响了，布莱斯拿起了话机，是撒旦要他参加将在东半球入夜时分举行的紧急会议。

"你最好带着解决方案准时参加会议，并且对你所说的'我们完全控制了局势'做出新的解释。""总统"怒气冲冲地挂断了电话。

布莱斯用双手捧住脑袋，全身颤抖，他拎起了电话，话机却从指间滑落了下去。

❧

米歇尔凝视着对面墙壁上的监视屏，拿起话机，拨通了奥斯顿的直线电话，话机里传来留言机的声音。米歇尔无奈地耸耸肩，看了看表，"阿里亚娜五"号火箭将于十分钟后在圭亚那发射升空。

✎

佐菲娅将吕卡安置到了床上，把两个厚厚的靠垫放在他肩膀后面，走到衣橱前，从最高一层取出了针线盒，又从浴室的药品柜里拿来了一瓶药用酒精。她坐在吕卡身边，揭开瓶盖，将一根线头浸在酒精里消了消毒，然后拿起了针准备穿线。

"你这样替我包扎，简直就像谋杀。"吕卡苦笑着说道，"你全身都在颤抖。"

"绝对不会！"佐菲娅信心十足地回答道，尽管她费了半天工夫才将线穿进了针眼。

吕卡推开佐菲娅的手，温柔地抚摩着她的脸颊，将她搂入怀中："我担心今晚我留在这儿会影响你的名誉。"

"我不得不承认，和你在一起的夜晚总是充满了偶然。"

"我的雇主只会制造事故。"

"他干吗要找人枪击你？"

"我想是为了考验我，想让我像你一样向命运屈服。我不应该会负伤的，但和你在一起的时候，我的力量被削弱了，真希望同样的事情不会发生在你身上。"

"你有什么打算？"

"他不敢攻击你，上帝对天使的庇护让他有所顾忌。"

佐菲娅凝视着吕卡的眼睛："我不担心这个。接下来的两天里我们该怎么办？"

吕卡的指尖轻柔地掠过了佐菲娅的唇线，她温顺地享受着这份爱抚。

"你在想什么？"她不安地问道，重新拿起了针线。

"柏林墙被推倒的那一天，男人和女人们发现，原来墙两边的景象是那么相似：路边是一幢幢房屋，街道上汽车川流不息，路灯照亮了黑夜。尽管幸福和不幸同时存在，但东德和西德终于领悟到，原来一墙之隔的距离并不像人们所说的那样不可逾越。"

"你为什么要说这些？"

"因为我听到了罗斯托罗波维奇①的大提琴声！"

"他演奏的是哪段乐曲？"佐菲娅缝完了第三针。

"我也是第一次听到这个曲子，你刚才弄疼我了。"

佐菲娅凑近吕卡，咬断了线头。这一次，她终于柔弱无助地将头依偎在他身上，寂静的夜晚让两颗心结合在了一起。吕卡抬起不曾负伤的手臂，抚摩着佐菲娅的头发，轻柔地摇晃着身体。

佐菲娅颤抖着说道："两天时间太短了！"

"是的。"吕卡在她耳边低语道。

"我们必须分开，这是命中注定的。"

---

① 罗斯托罗波维奇（1927—），美籍苏联著名大提琴家。——译注

平生第一次，佐菲娅和吕卡都对永恒的意义产生了怀疑。

"我们能和他谈谈，让他答应放你跟我走吗？"佐菲娅怯怯地问道。

"和'总统'没有什么商量的余地，尤其是你做了错事，让他出了丑的时候。再说，我很担心我根本无法进入你的世界。"

"可是在柏林墙推翻之前，东德和西德之间不是也有其他通道吗？"佐菲娅说着又将针尖靠近了吕卡的伤口。

疼痛扭曲了吕卡的脸，他忍不住喊出了声音。

"这回是你太娇气了，我还没碰到你呢，伤口还要缝上几针！"

房门突然被打开了，玛蒂尔德挂着扫帚出现在门口。"你公寓的墙壁就像纸糊的一样不隔音，这可不关我的事。"她说着一瘸一拐地来到两人面前，在床角坐了下来。

"把针线递给我！"她用权威的口吻对佐菲娅说道。"而你嘛，坐得离我近点！"她又对吕卡命令道，"你简直太幸运了，我正好是个左撇子！"

玛蒂尔德的手熟练地在吕卡的肩头两侧各扎了三针，伤口就被缝合上了。"在多事的酒吧间里待上两年，你自然就会成为一个优秀的护士，况且我的前男友还是酒吧的老板。在回去睡觉之前，我还有些事要对你们两个说。上床以后，我会竭尽全力让自己早点入睡，可是到明天早上，一想到眼下做梦一般的情形，我一定会笑得直不起腰来！"

玛蒂尔德挂着她的临时拐杖走向自己的房间，在门前停下了脚步，转过头望着两人说道："你们的身份对我来说并不重要。佐菲娅，在遇到你之前，我认为世上真正的幸福只有在蹩脚的小说里才能看到。有一天，是你对我说，即使最糟糕的人也长着一对会飞的翅膀，应该帮助他们展翅高飞，而不是一味地谴责与宣判。那么，给你自己一次机会，因为如果我能和他一起飞翔，我向你保证，我的老朋友，我绝对不会放弃他。而你呢，可怜的伤员，如果你敢欺负她，我就会拿编织毛衣的针把你的伤口重新缝一遍。别再哭丧着个脸，不管面对什么样的困难，我绝对不允许你们举手投降，因为如果你们两个临阵退缩，整个世界将不得安宁，我的生活也就失去了希望！"

房门在玛蒂尔德的身后掩上了，吕卡和佐菲娅沉默不语，侧耳倾听着客厅中的脚步声。玛蒂尔德躺在床上喊道："我早就说过，你总爱假装正经，就像个天使！好了，现在你就不用再耸肩膀了，我还没那么蠢！"她拉下了台灯开关，灯光随即熄灭了。月光透过窗户射进了公寓，玛蒂尔德将头深深地埋进枕头中。在卧室里，佐菲娅蜷缩着身体，依偎在吕卡怀中。

格雷斯大教堂的钟声从半开的天窗中传了进来，午夜的钟声在城市上空回荡。

曾经有一个夜晚，曾经有一个清晨……

第 五 日

每天清晨，我会看着你醒来，每个夜晚，我会出现在你的梦里。
我要抹去你命运的痕迹，治愈你所有的伤口。

第五天的晨曦照耀着沉睡中的吕卡和佐菲娅，清晨凉爽的微风从敞开的窗户中吹进来，带来了秋天的味道。佐菲娅依偎在吕卡身旁，玛蒂尔德的呻吟将她从睡梦中唤醒。她正要伸个懒腰，突然发现自己身边还睡着另一个人，便立刻停止了动作，轻轻地揭开被子下了床，蹑手蹑脚地来到客厅里。

"你的伤口疼吗？"佐菲娅问玛蒂尔德。

"我动了一下，弄痛了自己。对不起，我不想吵醒你的。"

"没关系，我也睡不着了，我去给你泡杯茶。"

佐菲娅看到她的朋友神情忧郁，赶紧向厨房走去。

"好吧，你刚刚为自己赢得了一杯热巧克力。"她打开冰箱说道。

玛蒂尔德拉开窗帘，街道上行人稀少，一个男人牵着他的狗走出了家门。

"我非常想养一条短毛猎狗，但一想到每天都要带它散步，我就头疼。"玛蒂尔德说着放下了窗帘。

"我们应该对自己驯养的动物负责，这可不是我说的。"佐菲娅评价道。

"说得真好！你和那个他，你们有什么计划？"

"我们才认识两天！还有，那个'他'名叫吕卡。"

"这我都知道。"

"不，我们没有任何计划。"

"行了，你们不能这样，情侣在一起总该有些计划。"

"你又是从哪本书上看来的这些？"

"我就是这么想的。人生幸福的画面不能随意更改，但你可以为它涂上不同的色彩。"

"拿着，别说傻话了，喝了它。"佐菲娅将热气腾腾的巧克力递给了玛蒂尔德，"你说的情侣是谁？"

"你真让人扫兴！两年来，你一直跟我滔滔不绝地讨论着爱情，如果你自己从一开始就拒绝扮演爱情故事里的公主，你的那些话又有什么意义？"

"这个比喻真够浪漫的！"

"是的，如果你愿意，就当这是个比喻吧！不过我可要提醒你，如果你不采取行动，一旦这条腿好了，我就会毫不留情地把他从你身边抢过来。"

"以后再说吧，事情并不像你想的那么简单。"

"你见识过有哪个爱情故事是简单的？佐菲娅，我看到的你总是那么寂寞孤单，是你劝我说只有我们自己才能找到快乐。好了，我的朋友，你的快乐就是那个身高一米八五、体重七十八公斤的健壮的男人。算我求你了，幸福总是悄悄地降临，千万别和它擦肩而过。"

"看来幸福还是个狡猾的东西！"

"不，要得到它必须付诸行动。我想你的'快乐'快要醒了，如果你愿意，去看看他吧，我想一个人呼吸呼吸新鲜空气，走吧，快离开我的客厅！"

佐菲娅点点头，朝卧室走去。她端坐在床角，等着吕卡从睡梦中醒来。吕卡打了个哈欠，舒展了一下身体，就像一只懒洋洋的小猫。他睁开眼，脸上绽放出了微笑。

"你在这儿坐了很久吗？"他问道。

"你的伤好些了吗？"

"我几乎已经不觉得疼了。"他试着转动一下肩膀，立刻皱起了眉头。

"别再硬充男子汉了！说真的，你的胳膊怎样了？"

"我都痛死了！"

"好吧，你就躺在床上休息。我想给你准备点吃的，但我不知道早餐你一般吃些什么。"

"二十个鸡蛋薄饼加二十个羊角面包。"

"咖啡还是茶？"佐菲娅站起身来问道。

吕卡凝视着佐菲娅，脸色突然阴沉了下来，他握住了佐菲娅的手腕，将她拉向自己身边："你是不是也有这样的感觉？整个世界已经将你抛弃。看着这个房间的每一个角落，空间似乎也在缩小，你身上的衣物在一夜之间变得陈旧不堪，每一面镜子都照出了你悲哀的无人关注的身影。谁也不爱你，你也不爱任何人，你的存在只是一种空虚，这种感觉是不是很不好？"

佐菲娅的手指抚摸着吕卡的嘴唇："不要这么想！"

"那就别丢下我！"

"我只是去给你煮一杯咖啡。"她靠近了吕卡，在他耳边低语道，"我不知道是否还有希望，但我们总会找到解决的办法。"

"我不该让这只肩膀继续迟钝下去。你去冲个澡，我来准备早餐。"

佐菲娅十分乐意地接受了吕卡的建议，朝浴室走去。吕卡看看挂在床架上的衬衣，衣袖上的血迹已经变成了黑色。他拿起衬衣，走到窗前推开了窗户，眺望着远处连绵不绝的屋顶。在海港中，一艘巨型货轮拉响了汽笛，回应着格雷斯大教堂的钟声。吕卡将手中血迹斑斑的衬衣揉成一团扔了出去，然后关上窗户走向浴室，将耳朵贴在门上，哗哗的流水声让他顿时感觉全身燥热，他深深地吸了一口气，离开了卧室。

"我去煮咖啡，您想来点吗？"吕卡问玛蒂尔德。

玛蒂尔德举起了手中的热巧克力："我已经戒了任何能让人兴奋

的东西，不过我听到了您想吃鸡蛋薄饼。如果能分享您十分之一的早餐，我将非常感谢。"

"最多留给您二十分之一，"吕卡走进了厨房，"条件是您告诉我煮咖啡机在哪儿。"

"吕卡，昨天晚上我零零碎碎地听到了你们的谈话，看来你们真的面临着一些难题。在那些吸毒的日子里，我不会费心考虑别人的事。不过，我想昨晚应该不是阿司匹林让我有了一种揪心的感觉。你们到底在谈些什么？"

"我们两个喝了很多酒，说了不少蠢话。不用担心，您可以继续服用镇痛药而不必担心它的副作用。"

玛蒂尔德看着吕卡昨晚脱下来放在椅背上的外套，西服后背有几个子弹穿过后留下的黑洞："你们去喝一杯的时候，总要玩一局枪击战的游戏吗？"

"历来如此！"吕卡推开卧室的房门回答道。

"不管怎么说，这件凯夫拉尔 ① 质地的西服剪裁得很不错，可惜您的裁缝没把垫肩做得更厚实些。"

"我下次会提醒他，您大可放心！"

"就看您的了，好好冲个澡吧！"

汉娜走了进来，将报纸和一大袋点心放在桌上，打量着独自待在客厅里的玛蒂尔德说道："这是客房服务，客人能在床上享用早餐。

① 一种牢固而轻巧的合成纤维。——译注

希望不会因为有人对我准备的东西不满意而影响以后的生意，也许有一天我会开个家庭旅馆，谁知道呢？那对小情人醒了吗？"

"他们在卧室里呢！"玛蒂尔德翻着白眼答道。

"我告诉过她，做得太绝了就什么都得不到，这回她真是彻底改变了。"

"您没有见到那个男人脱掉了上衣有多迷人！"

"我是没看到，不过你知道，到我这个年纪，美男子和黑猩猩已经没有多大的区别了。"

汉娜将羊角面包放在了一个大盘子里，她疑惑地看着吕卡血迹斑斑的外衣。"你告诉他们别去街尾的染衣铺，因为我的衣物也要送到那儿去！好了，我下楼了！"房东说完便消失在了楼梯口。

佐菲娅和吕卡坐在餐桌前，和玛蒂尔德一起分享早餐。吕卡吞下了最后一个面包，两人清理好餐桌，帮助玛蒂尔德回到床上舒舒服服地躺下。佐菲娅决定先带吕卡到码头上转一转，她从衣帽架上取下了风衣，吕卡看着那件伤痕累累的外套皱起了眉头。玛蒂尔德提醒他说，穿着只剩一只袖子的衣服上街未免太离谱了，她有一件男式衬衫可以借给吕卡，条件是吕卡必须完好无损地把它还给她，吕卡万分感谢。几分钟以后，吕卡和佐菲娅做好了出门的准备，而汉娜又喊住了他们，她双手叉腰，站在门前注视着吕卡说道："您看起来的确很健壮，不过最好还是别因为逞强而受凉了，跟我来吧！"

女房东走进了自己的房间，打开了衣橱，嘎吱作响的橱门似乎提醒着人们它年代久远。汉娜推开一堆衣物，拿出了一件悬挂在衣架上的外套，递给了吕卡："这件衣服可不新了，但威尔士亲王的样式是永远不会过时的。相信我，粗花呢的料子尤其保暖！"

汉娜帮吕卡套上了外套，那衣服就像为吕卡量身定做的一样，她斜着眼对佐菲娅说道："你别想跟我打听这件衣服是谁的。到了我这个年纪，我喜欢怎么处理我的纪念品都行。"

突然，汉娜弯下了腰，靠在壁炉前，脸上流露出一种奇怪的神色，佐菲娅赶紧向她走去："您怎么了，汉娜？"

"没什么大不了的，只是有点肚子痛，不用大惊小怪。"

"您脸色苍白，看上去很疲劳。"

"我十年来都不怎么晒太阳了，再说你也知道，年纪大了，某一个早晨醒来时感到有些疲倦是很正常的事，别为我担心！"

"让我们带您去看看医生吧？"

"又来了！让你的医生们好好待在家里吧，我也留在自己家里，只有这样我们才能和平相处！"汉娜对他们挥了挥手，"去吧，去吧，你们两个人都急着想出门，快走吧！"

佐菲娅犹豫了片刻，转身向大门走去。

"佐菲娅！"

"怎么了，汉娜？"

"你一直想要看我的影集，我会拿给你的，那里面的照片有些特别，我希望你能在夕阳的余晖下欣赏它们，那最合适不过了。"

"我会照您的话做的，汉娜。"

"那么，今天傍晚五点来见我，别迟到了！"

"一言为定，我会准时回来。"

"好了，你们两个快走吧，我这个絮絮叨叨的老女人已经耽搁你们很久了！吕卡，好好珍惜这件外套！曾经穿过它的男人对我来说是最重要的！"

佐菲娅的福特车驶远了，汉娜放下了窗帘，一边整理着摆在桌子上的鲜花，一边自言自语道："鲜花，桌布，接下来就该整理床铺了！"

吕卡和佐菲娅驾车驶过加利福尼亚大街，在波克街拐角处的交通灯前停了下来，他们发现皮勒葛的警车正好停在一边。佐菲娅摇下车窗，向他打招呼，警探正拿着对讲机接收一条消息。

"我不知道这个星期是怎么了，人们都像发了疯一样，这已经是唐人街的第五起打架斗殴事件了。我得走了，祝一天愉快！"皮勒葛说完发动了汽车。

警车呼啸着拐上了左边的街道，十分钟以后，佐菲娅和吕卡来到了八十号码头。他们将车停在海堤边，凝望着被缆绳拴着的老货轮在海水中随波摇晃。

"我想到了一个办法，"佐菲娅说道，"我带你走！"

吕卡不安地望着她："去哪里？"

"到我们那儿去，和我走吧，吕卡！"

"怎么去呢？神会宽恕我吗？"吕卡揶揄地回答道。

"如果你不想回到你的主人那儿去，就做些违背他意愿的事，让他把你解雇了！"

"你看过我的履历吗？你相信在四十八小时内，我就能抹去过去的一切，重新开始吗？再说，你真的认为你的家族成员会展开双臂、心无芥蒂地接受我吗？佐菲娅，也许我还没能跨过你家的门槛，警卫就会扑上来，让我像坐飞机一样滚回地狱去。"

"我曾经一心一意地拯救他人的灵魂，鼓励他们不向命运低头，现在轮到我自己了，我渴望品尝快乐和幸福的滋味，有情人在一起就能找到天堂，难道我不配得到爱情吗？"

"你的要求是不可能实现的，他们之间的对立太深了，他们不会允许我们相爱的。"

"哪怕有一线希望也要争取，你一定能改变自己，吕卡，向他们证明你的诚意。"

"我真希望你说的能成为现实，但改变自己不是那么简单的。"

"努力试一试，我求你了！"

吕卡缄默不语，他朝着"瓦尔帕莱索"号锈迹斑斑的船头靠近了几步，巨大的货轮牵扯着缆绳，不时发出低沉的声音，仿佛是一头被困的野兽迫不及待地想要重获自由，在大海中沉没也许是它最好的归宿。

"我害怕，佐菲娅。"

"我也是。让我带你进入我的世界，我会引导你的每一步，寸步不离地守护着你。每天清晨，我会看着你醒来，每个夜晚，我会出现在你的梦里。我要抹去你命运的痕迹，治愈你所有的伤口。在你烦躁不安的日子里，我将反绑起你的双手，让你不再作恶，我将用我的唇堵住你的怒吼。一切都和以前不同了，如果你感到寂寞，那就让我们一起寂寞。"

吕卡将佐菲娅搂入怀中，轻吻着她的脸颊和耳根，用低沉的声音说道："我走了那么多的路才遇见了你，佐菲娅，我知道我犯了很多错，但因为你，我愿意快乐和骄傲地重新开始。希望时间能停止下来，让我能懂你、爱你，你配得上最美的爱情。然而，时间让我们相遇，却不允许我们相守。我属于另外一个世界，那儿的人只有一个结局。我是邪恶的魔鬼，你是纯洁的天使，我们截然相反。虽然我已经无可救药地爱上了你，但我又能给你些什么？"

"你的信任。"

佐菲娅和吕卡离开了海港，驾驶着福特车驶上了行人车辆川流不息的第三大道。

❧

脸色苍白的布莱斯尴尬地走进了那间宽敞的办公室。

"你是来安慰我的吗？"在落地窗前来回踱步的"总统"怒吼道，

"在你看来，一败涂地是个什么滋味？"

布莱斯拉过了一张黑色的座椅。

"站在那儿，蠢货！不，还是坐下吧，看不见你，我还好受些。那么，你怎么总结目前的情况，我们的精英是不是该被开除了？"

"总统……"

"闭嘴！我让你说话了吗？你觉得我的耳朵会愿意听到你口齿不清的声音吗？"

"我……"

"你给我闭嘴！"

"总统"的声嘶力竭吓得布莱斯缩起了身子，看上去比平时又矮了五厘米。

"绝对不能放弃我们的事业，""总统"继续说道，"我们不能那么轻易地就认输了。为了这个星期，我不知道等了多久，我不允许这一切毁在你的手上，侏儒！我不知道你对地狱是怎么看的，不过也许我能让你见识见识！别开口，我不想看到你那厚嘴唇动一动！你有什么计划？"

布莱斯拿出一张纸，匆匆地写上了几行字，"总统"抢过字条，一边读一边走向了长桌的尽头。布莱斯建议在最后期限之前召回吕卡，如果不能保证胜利，那就得中止游戏，一切重新开始。撒旦怒不可遏地将字条揉成一团，用力向布莱斯掷去。

"吕卡会为此付出代价，在入夜前带他来见我，这次你别想再出岔子！"

"他不会愿意回来的。"

"你难道在暗示他的意愿比我的更重要吗？"

"我的意思是应该彻底干掉他……"

"差点忘了，你不早就该得手了吗，蠢货？"

"如果子弹能打伤他，一定还能找到别的办法置他于死地。"

"那就别光说不做了！"

布莱斯退出了办公室，时间是中午十二点，五个小时后，夜幕就会降临，他感到了时间紧迫，谋杀魔鬼最优秀雇员的计划必须策划得完美无缺。

❧

福特车停在了波克街和加利福尼亚大街的交会处，在交通高峰期，路上的汽车来来往往，川流不息。佐菲娅注意到有一位拄着拐杖的老人战战兢兢地不敢走上人行横道，对他来说，要在红灯亮起的时间之内穿越四个车道的确是件困难的事。

"我们现在做些什么？"吕卡似乎看透了她的心思。

"帮帮他！"佐菲娅指着那位老态龙钟的行人说道。

"你在开玩笑吗？"

"绝对不是。"

"你是要我帮助一个老人穿过人行横道吗？这对我来说并不复杂……"

"那就开始行动吧！"

"好吧，我这就去。"吕卡倒退着走远了。

快要走近老人身边时，吕卡又回到了佐菲娅身边："我不明白你要我帮他过街究竟有什么意义？"

"你更喜欢今天下午去医院看望那些病人吗？这也并不复杂，只要搀扶着他们去洗手间，听听他们的唠叨，劝慰他们说病痛总能痊愈，再坐在椅子上给他们念一份报纸……"

"行了，我还是去照顾你那个过不了街的可怜虫吧！"

吕卡再次向马路对面走去，忽然又回过头来说道："我警告你，如果马路对面那个小家伙胆敢用他的手机拍下一张照片的话，我会一脚踹到他屁股上，让他像火箭一样飞得没影！"

"吕卡！"

"好吧，好吧，我去了！"

吕卡不由分说地拽起老人的胳膊，老人惊奇地看着他，吕卡说道："据我所知，你应该不是来数汽车玩的，拿好拐杖，你就能平安无事地穿越加利福尼亚大街！"

红色交通灯亮了起来，两人走上了铺着碎石的路面。在第二道斑马线上，吕卡的额头冒出了汗珠，走到第三道斑马线，他感觉到大腿肌肉奇痒难忍，仿佛有成群的蚂蚁在四处乱爬，一阵剧烈的痉挛伴随着他走过了第四道斑马线。吕卡感到心跳急速，呼吸困难，还没走到马路中间，他已经喘不过气来。路灯和吕卡的脸色一样转成了绿色，两人在安全岛中停下了脚步。

"您还好吧，年轻人？"老先生关心地问道，"要我帮助您穿过马路吗？扶着我的胳膊，我们就快到了。"

吕卡接过了老人递上来的纸巾，擦拭着额头。"我不行了！"他的声音发颤，"我做不到！对不起，真的对不起！"他逃跑般地奔向了佐菲娅，她正双臂交叉，靠在福特车上等着他。

"你就准备把他扔在那儿不管了吗？"

"我差点丢掉了性命！"他气喘吁吁地说道。

还没等他说完，佐菲娅就穿过了不停地鸣着喇叭的车流，来到马路中间的安全岛，搀扶起老先生的手臂。

"我感到很抱歉，万分抱歉。这是他第一次学着做好事，他没有经验。"她担心地说道。

老人抚摩着自己的后脑勺，用越来越疑惑的目光看着佐菲娅。红灯亮了，吕卡对佐菲娅喊道："让他留在那儿！"

"你说什么！"

"你听见了我的话！我为了你已经走完了一半的路，你回来，让他留在原来的地方！"

"你疯了吗？"

"不，我很清醒。我曾经在希尔顿的小说上读到过一个精彩的句子：爱就是分享，各自向对方迈出一步！你对我提出了不可能达到的要求，为了你，我试了，现在你也该为我放弃一些东西。让那个人留在原来的地方，在他和我之间做选择吧！"

老人拍着佐菲娅的肩膀说道："我不想打断你们，可是你们再争执不休，我真的要迟到了，回到您的朋友身边去吧！"说完，他头也不回地走完了剩下的路。

吕卡背靠着福特车，佐菲娅回到他身边，她的眼睛里充满了悲伤。吕卡为她打开车门，佐菲娅上了车，吕卡也坐到了驾驶座上，但他没有发动汽车。

"别用这样的眼神看着我，没能坚持到最后，我很抱歉。"他说道。

佐菲娅深深地叹了一口气，若有所思地回答道："一棵树的成长需要一百年的时光，烧毁它却只要几分钟……"

"的确如此，你说这话是什么意思？"

"我去你的世界里生活，把我带走吧！"

"你不是当真的！"

"比你想的要认真。"

"无论如何，我不会让你这么做。"

"我跟你走，吕卡，就这么说定了。"

"你做不到。"

"是你对我说不要轻视我的力量，你总是自相矛盾。不过，你的同类将会张开双臂欢迎我的加盟，教我怎么作恶，吕卡！"

吕卡久久地注视着眼前这个纯洁美丽的女孩，为了穿越两个世界之间的鸿沟，尽管佐菲娅并不清楚最终的结果，但她还是做出了铤而走险的决定，无畏的勇气让她克服了恐惧。爱情的力量超越了她的想象，与吕卡厮守的愿望战胜了一切可怕的后果。吕卡踩下油门，向着这座城市的南方疾驶而去。

❧

布莱斯激动万分地拎起了话机，口齿不清地让接线员拨通撒旦的电话，通知"总统"他会立刻去"总统"的办公室。布莱斯在裤腿上擦了擦汗津津的双手，从录音机里取出了磁带，迈着粗短的小腿，像鸭子般摇摇摆摆地朝走廊深处小跑过去。他敲了敲门，走进了"总统"的办公室。

撒旦伸出了一只手说道："闭嘴！我已经知道了！"

"我说对了！"布莱斯忍不住嚷道。

"也许！""总统"仍然保持着他的傲慢。

布莱斯兴奋地跳了起来，一手握拳使劲地敲打着另一只手的掌心。

"这下您不必担心失败了！"他沾沾自喜地喊道，"我的预见是对的，吕卡真是个天才！他说服了他们的精英加入了我们的事业，多么伟大的胜利！"

布莱斯咽了咽口水，继续说道："必须立刻结束对吕卡的谋杀，我需要得到您的许可。"

撒旦站起来走到落地窗前："我可怜的布莱斯，你真愚蠢，有时候我甚至觉得你根本不应该在这儿出现。我们的计划什么时候执行？"

"十七点准时爆炸。"布莱斯焦急地看了看表，他精心策划的谋杀行动将在四十二分钟后开始，"我们一秒钟也不能耽搁了，总统。"

"还有时间，我们必须保证我们的胜利万无一失。对于既定的计划什么都不需改变，除了一个细节，"撒旦搓着下巴说道，"五点钟，我们把他们两个都带回来。"

"可是您的对手会有什么反应？"布莱斯惶恐地问道。

"事故就是事故！据我所知，不是我发明了'偶然'这种东西。为他们的到来准备一个欢迎会，你只有四十分钟的时间了！"

❧

很久以来，布鲁德街和哥伦布大街是一切人间罪恶上演的舞台，毒品泛滥，被生活唾弃的男人和女人在那儿偷偷寻找着安慰。吕卡将小车停在了一条狭窄而阴暗的小巷入口。在破旧的楼梯下面，一个年轻的妓女正经受着皮条客无情的拷打。

"好好看着，"吕卡说道，"这就是我的世界，人性的另一面，你想要战胜的另一面。在这个污浊的世界里寻找你的善良去吧！睁开你的眼睛，你会毫不费力地发现无可救药的堕落、腐败和暴力。那个妓女会被玷污、被殴打，直到死去的那一刻，她都不会对她的主人有一丝抵抗。她在这个世上活不了多久了，再挨上几拳，她就会放弃她早就无所指望的生命。你还想要我教会你作恶吗，佐菲娅？我只要用一堂课的时间，就能让你忘却你的使命，进入恶的世界。穿过这条小巷，别管她的死活，你会看到，袖手旁观是最简单不过的事，像那些路人一样，面对这样的惨状，只管走自己的路。我在路的那一头等你，如果你能视若无睹，你就已经改变了自己。这条小路是连接我们两个世界的通道，走过来了，你就无法再回头。"

佐菲娅下了车，吕卡开车驶向了小路的另一头。佐菲娅走进黑暗的小巷中，每一步都迈得格外沉重。她将目光投向远方，努力让自己对身边的事不闻不问。路边的墙壁灰黑阴暗，满是垃圾的小路弯弯曲曲，漫长得似乎看不到尽头。那个名叫萨拉的妓女正经受着皮条客暴风雨般的拳打脚踢，鲜血从她伤痕累累的嘴角淌出来，留下了一道道乌黑的血迹。在皮条客的痛击中，她的头无力地摇摆着，背部痛苦地扭曲着，肋骨一根又一根地折断。突然，她挣扎起来，她努力不让自己跌倒，不让皮条客的脚踩中腹部，结束她岌岌可危的生命。皮条客的拳头击中了萨拉的下颌，她的头撞上了墙壁，剧烈的震动让她听到自己的头颅中发出了轰然巨响。

萨拉将无助的目光投向了佐菲娅，她的出现似乎是萨拉最后一线希望，是这个上帝虔诚的信徒盼望已久的奇迹。佐菲娅咬紧牙关，握住拳头，继续向前走去，却还是忍不住放慢了脚步。在她身后，可怜的女孩单膝跪地，连呻吟的力气都没有了。皮条客高高举起了手，挥舞着砍向萨拉低垂的脖子。佐菲娅却看不见这些，她噙着眼泪，感到了一种难以言表的悲伤。在路的另一头，吕卡将双臂交叉在胸前，默默地等着她。

佐菲娅停下了脚步，她全身僵硬，呼唤着吕卡的名字，喊声中的痛苦出乎了她的意料。声嘶力竭的叫声撕破了整个世界的寂静，在一瞬间穿越了所有深渊。吕卡跑到她面前，一把抓住皮条客，将他摔得在地上连打了几个滚。皮条客立刻爬起来，朝吕卡直冲过来，吕卡有力的还击让他全身散了架，血流如注的皮条客顿时失去了残暴嚣张的气焰，在恐惧中走向了死亡。

吕卡在萨拉瘫软的身体前面蹲下来，搭了搭她的脉搏，将她抱了起来。

"过来，"他温柔地对佐菲娅说道，"我们不能再耽误时间了，你比谁都清楚去医院的路。我来开车，你给我指路，你现在的状态不适合开车。"

他们将萨拉平放在后座上，佐菲娅从杂物箱里取出警灯，拉响了警笛。时间是十六点三十分，福特车开足马力向旧金山纪念医院全速驶去，用了不到一刻钟时间就到达了医院。

萨拉被送进急救室，医生立刻着手对她进行救治。萨拉的肋骨被打断了，全身多处负伤，X射线照片显示她大脑内有血肿，但幸好没有明显的脑损伤。扫描检查的结果说明由于救治及时，萨拉没有生命危险。

吕卡和佐菲娅离开了医院。

"你的脸色白得像张纸，打死皮条客的是我，佐菲娅，这跟你无关。"

"我失败了，吕卡，我并不比你更有能力改变自己。"

"如果你成功了，我反而会恨你。你就是你，这才是你打动我的原因，佐菲娅。我不要你为了适应我而改变自己，成为另外一个人。"

"那你为什么要救萨拉？"

"为了让你明白我们之间没有差异，为了让你不再对我抱有偏见，因为虽然很快就要面临分离，但短暂的两天时间也可以让我们的心靠得更近。"

佐菲娅瞥了一眼仪表盘上的时钟，吃惊地跳了起来。

"你怎么了？"

"我忘了答应汉娜的事，她会不高兴的。我知道她整个下午肯定都在准备茶水和点心，烤好了酥饼等着我。"

"没那么严重，她会原谅你的。"

"是的，但她会感到失望，我向她保证过准时回家，这对她来说很重要。"

"你们约好了几点？"

"五点整。"

吕卡看了看表，已经离五点就差十分钟了，繁忙的交通让他很难实现佐菲娅对汉娜做出的允诺。

"你最多会迟到一刻钟。"

"那就已经太晚了，天已经暗了。她想在夕阳的照耀下给我看她的照片，她似乎需要一个理由，才能翻开她的记忆。我费尽心思，才让她敞开心扉，在这个时候我应该陪伴在她身边。我真没用！"

吕卡再次看了看表，温柔地抚摩着佐菲娅绷得紧紧的脸蛋说道："我们又要动用一下你的警灯和警笛了，还有七分钟时间，我们会准时到的，没什么大不了的，系好你的安全带！"

福特车拐上了左边的车道，在加利福尼亚大街上全速行驶。城市北部所有交通灯都亮起了绿灯，福特车顺利地开过了每一个十字路口。

❧

"好了，好了，我就来。"汉娜自言自语地回答着烤炉的提示音，她弯下腰，从烤炉里取出了滚烫的烤盘，将炉门打开，用一只手端着沉甸甸的烘饼放在餐台上。接着，汉娜将整块烘饼移到了木质托盘上，取出锋利的餐刀，开始将饼切割成小块。汉娜擦了擦额头，感觉到脖子里也流下了几滴汗珠。她从来不怎么出汗，从今天早晨起，她就觉得格外疲惫，到现在都没有恢复。她放下手中的餐刀，回到自己的卧室休息了一会儿。一阵穿堂风吹进了小屋，汉娜回到厨房，看了看挂钟，赶紧把茶杯放在了托盘上。在她身后，烛台上离烤炉最近的那一根蜡烛熄灭了。

❧

福特车拐上了范奈斯大街，吕卡趁着拐弯的时候看了看表，只剩下五分钟了，他不得不加快车速。

❧

汉娜走向了古旧的衣橱，打开橱门的时候，整个衣橱都嘎吱作响。她那布满皱纹的手探进一堆旧式的花边床罩中，纤细的手指触摸到了一本影集。汉娜闭上眼睛，嗅吸了一口花皮封面的味道，将影集放在了客厅中央的地毯上。佐菲娅随时都可能回来，只要煮上茶水，汉娜就已经做好了一切准备。她觉得自己心跳加速，为了控制住激动的情绪，汉娜回到了厨房中，开始寻找火柴。

❧

佐菲娅用尽全身的力量，抓住了车门上的扶手，吕卡对她露出了

Sept jours pour une éternité   209

一个微笑："我开过无数辆车，没出过一起事故！再过两个十字路口，我们就到家了。放松点，现在离五点还有两分钟。"

⚜

汉娜在抽屉里搜寻，又打开了餐具柜，最后弯腰翻遍了食品柜，还是找不到火柴。站起身来的时候，汉娜感到了一阵晕眩，她摇摇头，继续寻找火柴。

"我会把它放在哪儿呢？"她嘟哝道。

汉娜环顾着四周，发现那个小小的火柴盒竟然就搁在炉边上。

"真是应了那句话，近在眼前，远在天边。"她自言自语地点燃了炉火。

⚜

福特车急速转弯，伴随着尖锐的摩擦声，轮胎在地面上划出了一条曲线，吕卡已经到达了太平洋高地，离汉娜的小屋只有百米之遥。他骄傲地对佐菲娅宣布，他们最多会迟到十五秒钟。吕卡让警笛停止了呼啸，与此同时，汉娜划燃了一根火柴。

剧烈的爆炸在一瞬间冲破了小屋所有的窗户玻璃，吕卡死死地踩下了刹车，福特车急闪到路边，正好避开了被冲击波抛向马路中央的大门。佐菲娅和吕卡惊慌失措地望着对方，小屋的底层湮没在一片火海之中，他们无论如何都无法穿越火墙，进屋救人。时间是十七点刚过几秒钟。

玛蒂尔德被抛到了客厅中央，她身边所有的家具都被掀翻了：小圆桌平躺在她身边，壁炉上的相框掉了下来，在地毯上留下了成千上万片碎玻璃，冰箱门半垂着，水晶吊灯在电线的尽头摇摇欲坠，呛人的浓烟从地板缝里飘了上来。玛蒂尔德坐起来，用手抹去了脸上的灰尘。她腿上裹着的石膏裂开了一条长长的缝隙，她索性将石膏剥落下来扔得远远的，用尽全身的力气扶住了一把翻倒在地的椅子，终于站了起来，一瘸一拐地在黑暗中摸索到了门把手，幸好火势还没有蔓延到房门。玛蒂尔德走到楼梯拐角处，扶住了栏杆。她弯下腰，寻思着如何在熊熊的火海中找到一条出路，最终她决定强忍住伤痛，从楼梯上走下去。门厅里的温度让人无法忍受，玛蒂尔德感觉自己的眉毛和头发似乎随时都会燃烧起来。一根横梁从天花板上坠落下来，差点砸中她，烧得通红的焦炭像雨点一般落下，木板分崩离析的声音震耳欲聋。玛蒂尔德的肺部像着了火一般，每次呼吸都让她感到更加窒息。她跨下最后一级楼梯，剧烈的刺痛让她两腿发软，瘫倒在地。房间低处残留的氧气让玛蒂尔德感到呼吸顺畅了一些，她努力做着深呼吸，让自己保持清醒。右边的墙壁被气浪冲出了一个缺口，玛蒂尔德只要再匍匐前进几米就可以脱离危险了，然而在左边几米远处，汉娜一动不动地躺在地上。她们透过烟雾注视着对方，汉娜挥挥手，示意玛蒂尔德赶快从墙壁缺口处离开。

在痛苦的呻吟中，玛蒂尔德站起身来，咬紧牙关向汉娜走去。每走一步，她都感到刀割般的疼痛，她推开被火舌渐渐吞噬的家具，来到汉娜的厨房中，躺在她身边，调整了一下呼吸。

"靠在我身上，我帮您站起来。"玛蒂尔德气喘吁吁地说道。

汉娜眨眨眼睛，表示同意。玛蒂尔德伸出手，搂住老妇人的脖子，奋力将她扶了起来。

玛蒂尔德感到一阵揪心的刺痛，眼前直冒金星，身体失去了平衡。

"快逃走吧！"汉娜说道，"别跟我争了，离开这儿。替我对佐菲娅说我爱她，记得告诉她，陪你聊天我很开心，你是那么讨人喜欢。玛蒂尔德，你是一个了不起的女孩，有着一颗善良博爱的心，好好地选一个配得上你的爱人。走吧，时间不多了。不管怎么说，我希望人们把我的骨灰撒在这小屋周围，这样我也就心满意足了。"

"您认为我到了您这个年纪不会比您更固执吗？让我喘口气，两秒钟后我们再试一试，要么我们两个人一起逃出去，要么谁都不走！"

吕卡的身影出现在墙壁的缺口处，他朝着厨房走来，蹲下身子，脱掉花呢上衣裹住汉娜的头和脸，抱着她站了起来，接着示意玛蒂尔德扶住他的腰，用他的身体庇护着她，带着她往外走。几分钟之后，三个人终于逃出了火海。

吕卡抱着汉娜不放手，玛蒂尔德则精疲力竭地倒在了迎上前来的佐菲娅的怀中。消防车的警笛声由远而近，佐菲娅将她的朋友平放在邻屋的草坪上。

汉娜睁开了眼睛，看着吕卡，嘴角露出了一个调皮的微笑："如果有人告诉我将有一个年轻英俊的男人……"一阵咳嗽让她无法继续说下去。

"别说话，注意保存体力！"

"你真像个白马王子，不过肯定近视得厉害，坦率地说，你身边的女孩比你怀中的这个老妇人要漂亮许多！"

"您很有魅力，汉娜。"

"是的，就像博物馆里的一辆老式自行车！不要失去她，吕卡。相信我，有些错误连你自己都无法原谅！现在请你把我放下来吧，其他人会照顾我的！"

"别说傻话！"

"你呢，别做傻事！"

救援队终于到了，消防队员立刻全力投入灭火行动，皮勒葛警探向佐菲娅跑来。吕卡抱着汉娜走到了推着担架的救生员面前，和他们一起将她平放在担架上。佐菲娅走上了救护车："我们在医院会合，玛蒂尔德就交给你了！"

在场的一位警察建议再叫一辆救护车，皮勒葛警探建议为了节省时间，他将亲自开车送玛蒂尔德去医院。吕卡跟着他来到玛蒂尔德身边，两人一起将她抬起来安置到后座上。

载着汉娜的救护车已经开出很远了，红蓝相间的旋转灯光射进了车厢，汉娜看着窗外，抓住了佐菲娅的手："真好笑，在要离开这个世界的日子里，人们总会觉得还有许多东西没看过。"

　　"我在这儿，汉娜。"佐菲娅低语道，"好好休息。"

　　"我所有的照片都被烧毁了，只剩下唯一的一张。我一生都将它带在身边，它是你的，我本来想在今晚交给你。"

　　汉娜伸出胳膊张开手，她的掌心里空无一物。佐菲娅不知所以地望着汉娜，汉娜回报给她一个微笑。

　　"你以为我神志不清了吧？这是我从未出生的女儿的照片，它肯定是我最美丽的一张照片。拿着它，放在你的心里。我曾经多么盼望有一个女儿。佐菲娅，我知道有一天，你会做一些让我永远为你骄傲的事。你问过我'上帝的礼物'究竟是否只是一个虚幻的故事，让我告诉你，我们每个人都有义务让自己的故事成为现实，不要放弃，为你的生活而奋斗！"汉娜温柔地抚摩着佐菲娅的脸颊，继续说道，"靠近一点，让我吻吻你！你不知道我有多喜欢你，是你带给了我这几年真正幸福的时光！"

　　汉娜将佐菲娅搂在怀中，用她残存的气力在佐菲娅脸颊上印上了一个吻："现在我要休息一下了，我有的是时间休息。"

　　佐菲娅深深地叹了一口气，强忍住泪水，将头靠在汉娜微微起伏的胸前。救护车驶到了旧金山纪念医院，车门打开了，汉娜被抬进了急救室。在这个星期里，佐菲娅第二次作为病人亲属坐在了等候大厅中。

在汉娜的小屋中，一本古老的影集在火苗中化成灰烬。

医院的大门又一次被打开了，吕卡和皮勒葛搀扶着玛蒂尔德走了进来，一位护士推着轮椅跑到他们面前。

"算了吧！"皮勒葛说道，"她威胁说如果让她坐轮椅，她就立刻离开！"

护士像是背书般地重申了医院的规定，为了安全起见，玛蒂尔德做了让步，勉为其难地坐到了轮椅上。佐菲娅走到她身边问道："你还好吗？"

"安然无恙。"

一位实习医生来带玛蒂尔德去检查室，佐菲娅答应她会一直等她出来。

"时间别太久了！"皮勒葛在佐菲娅身后喊道。

佐菲娅转过身子，不解地望着警探。

"在车上，吕卡都对我说了。"警探继续说道。

"他对您说了什么？"

"看来，最近海港地区的房产纠纷波及的不会只是他的几个朋友。佐菲娅，我不是开玩笑，吕卡和您都有危险。几天前，我在餐馆里第一次见到了吕卡，当时我还以为他是政府工作人员，我并不知道他是您的朋友。一个星期里接连发生了两起煤气爆炸事故，而你们又都在场，这难道仅仅是个巧合吗？"

"我认为第一次在中国餐馆里的爆炸的确是一起事故！"吕卡在等候室的另一头喊道。

"可能吧！"警探继续对佐菲娅说道，"不管怎么说，经验丰富的警察也没有发现任何值得怀疑的蛛丝马迹。策划这些爆炸的人简直是魔鬼，他们不达目的绝不会罢休。你们必须得到警方的保护，说服您的朋友和我们合作。"

"这有点困难。"

"在他让这个城市的各个地区都火光冲天之前说服他。今天我就会给你们找一个安全的地方过夜，机场附近的喜来登酒店的经理欠我一些人情，该让他出出力了。在他那儿，你们会得到非常热情的接待。我去打个电话，然后送你们去酒店，去和玛蒂尔德告个别吧。"

佐菲娅掀开检查室的门帘，走到她朋友身边问道："情况怎么样？"

"没什么大不了的！"玛蒂尔德回答道，"我的腿会被重新裹上石膏，为了确保我没有吸进太多的毒烟，医生让我留院观察。这些可怜的人，如果他们知道我曾经吞下过多少'有毒物质'，他们就不会那么担心了。汉娜怎样了？"

"不太好，她被送进了重度烧伤科，她还睡着呢，医生不允许探视，他们将她送进了五楼的一间无菌病房。"

"明天你来接我吗？"

佐菲娅转过身，看着荧光屏上的 X 射线照片说道："玛蒂尔德，我想也许我不能来了。"

"不知道为什么，我好像已经猜到了。当你的朋友结束她的单身生活时，尽管你将因此而更加寂寞，你还是应该真心为她高兴。我会十分怀念我们一起度过的时光。"

"我也是。玛蒂尔德，我要离开一段日子。"

"很久吗？"

"是的，很久。"

"但你还会回来的，不是吗？"

"我也不知道。"

玛蒂尔德的眼眸里刻满了忧伤："我想我懂了。去吧，我的佐菲娅，爱情很短暂，但它会给你留下无尽的回忆。"

佐菲娅将玛蒂尔德紧紧地搂在怀中。

"你会幸福吗？"玛蒂尔德问道。

"我还不知道。"

"我们可以经常通电话吗？"

"不，我觉得这也不太可能。"

"他要带你去那么远的地方吗？"

"比你想的还要远。求求你别再哭了。"

"我没有哭，我的眼睛被烟熏得还在疼。走吧，快离开这儿！"

"照顾好自己。"佐菲娅在离去之前温柔地说道。

她掀开了门帘，再一次将悲伤的目光投向了她的朋友。

"你一个人能应付得来吗？"

"这一次你还是多想想自己吧。"玛蒂尔德说道。

佐菲娅微笑着放下了白色的门帘。

皮勒葛紧握着方向盘，吕卡坐在他身边，汽车的马达已经轰然作响，佐菲娅坐到了后座上，警车离开了医院急症室，向高速公路的方向驶去。车上的三个人一言不发。

佐菲娅心事重重地望着车窗外的景物和街道，这座城市给她留下了太多的回忆。吕卡将后视镜拧了过来，看着镜中的佐菲娅。皮勒葛警探噘起了嘴，将后视镜扳了回去。忍耐了几分钟后，吕卡又忍不住要偷看佐菲娅。

"我的驾驶技术让您感到不满意吗？"皮勒葛说着将后视镜扳回原位，伸手放下了副驾驶座上的遮阳板，露出了里面的化妆镜，然后又握紧了方向盘。

警车离开了 101 号高速公路，驶上了机场南大街。几分钟以后，他们就到达了喜来登酒店的停车场。

酒店经理以奥利弗·斯维特和玛丽·斯维特夫妇的名义替吕卡和佐菲娅预订了七楼顶层的一个套房，皮勒葛耸耸肩膀，解释说像多尔或者史密斯这样普通的姓反而会引人注意。在离开之前，警探要求吕卡和佐菲娅不要走出房间，用餐就喊客房服务，他留下了自己的传呼机号码，答应第二天中午来接他们。如果两人在酒店里待着觉得憋闷，他们可以就这个星期里所发生的事情写一份报告，以便减轻警方的工作。吕卡和佐菲娅的连声道谢让皮勒葛警探不好意思起来，他红着脸嘟哝着"行了，行了"，赶紧向两人告别，离开了酒店。

时钟指向了晚上十点，套房的门关上了。佐菲娅走进了浴室，吕卡平躺在床上，拿起遥控器，不停地转换着频道。无聊的节目让他哈欠连天，他关上了电视，侧耳倾听着浴室里的流水声。吕卡盯着自己的鞋尖，翻起裤子的卷边，抖抖膝盖上的灰尘，拉直了中缝。他站起来打开酒吧柜，随即又关上了酒柜门。他走到窗边，拉开窗帘，停车场上空空荡荡。吕卡回到床上躺下，看着自己的胸膛随着呼吸一起一伏。他叹口气，摸摸床头灯的灯罩，将烟灰缸移到右边，拉开床头柜的抽屉。一本有着硬皮封面、镌刻着酒店名称的书引起了吕卡的注意，他拿起书读了起来，最初的几行文字让吕卡无比惊愕，他继续读了下去，迅速地翻看着。读到第七页的时候，吕卡已经无法抑制自己的激愤，走到浴室前敲门问道："我可以进来吗？"

"稍等一会儿。"佐菲娅赶紧套上了一件浴衣。

她打开了门，看见吕卡暴跳如雷地在门前来回踱步。

"出了什么事？"佐菲娅担心地问道。

"有些人真是恬不知耻！"吕卡摇晃着手中的小册子，指着封面说道，"我敢保证，这个叫'喜来登'的家伙完全剽窃了希尔顿的作品，那可是我最喜欢的作家！"

佐菲娅接过吕卡手中的书本，看了一眼后将书递给他。"这是本《圣经》，吕卡！"看着吕卡疑惑的目光，她无可奈何地耸了耸肩，"别管它了！"

佐菲娅不敢对吕卡说她饿了，然而从她翻阅客房服务菜单的认真的表情中，吕卡猜到了一切。

"有一件事我始终搞不清楚。"佐菲娅问道，"为什么他们要在菜名前注明时间呢？这是什么意思？难道过了上午十点半，他们就得把玉米饼锁到保险柜中，贴上封条，在第二天中午之前再也不打开柜子吗？这难道不可笑吗？如果你在晚上十点半的时候想吃点东西呢？看看，供应煎饼也同样有时间规定！只要量一量浴室里吹风机的电线长度，你就会明白一切了！酒店的设计者一定是个秃顶，为了吹干一缕头发，你不得不把头凑到离墙壁十厘米的地方。

吕卡伸出双臂，将佐菲娅搂入怀中，轻声安慰着她："你也变得爱挑剔了！"

佐菲娅看了看四周，脸色绯红地说道："也许吧！"

"你饿了！"

"我一点都不饿。"

"我可不这么想。"

"好吧，为了让你高兴，我可以稍稍吃一点。"

"你想吃什么？"

"就是那种广告上嚼着会发出清脆声响的东西。"

"我知道了，麦片粥！"

"不要加奶。"

"遵命，不加奶。"吕卡拎起了电话。

"但是要加糖，放很多糖！"

"没问题。"

吕卡挂上了电话，在佐菲娅身边坐了下来。

"你为什么不给自己要些吃的？"她问道。

"不，我不饿。"吕卡答道。

服务员将点心送到了房间，佐菲娅坐在床上享受着她的晚餐。每吞下一口麦片粥，她都不忘往吕卡嘴里也喂上一勺，吕卡喜形于色地享受着佐菲娅的好意。一道闪电划破了远方的天空，吕卡站起身来拉上窗帘，又回到佐菲娅身边躺下。

"明天我就会想出一个办法来对付他们。"佐菲娅说道，"我们的问题肯定能够解决的。"

"什么都别说了。"吕卡喃喃地说道，"每一个周末我都想和你一起度过，就这样天长地久地厮守下去，可是我们之间只剩下了一天时间，而这一天，我要和你好好地度过。

佐菲娅的浴衣微微地松散开来，吕卡帮她将衣襟合拢，佐菲娅的唇贴上了吕卡的唇，低声说道："让我堕落吧！"

"不，佐菲娅，你肩膀上的天使翅膀文身对你是最适合的，我不要你改变自己。"

"我只想和你在一起。"

"我不能这样做，我不能为了自己而毁了你。"

吕卡伸手摸索着台灯的开关，佐菲娅蜷起身子依偎在他身边。

玛蒂尔德熄灭了病房的灯光，巧合的是，这个晚上汉娜依旧睡在她楼下的病房里。格雷斯大教堂敲响了午夜的钟声。

　　曾经有一个夜晚，曾经有一个清晨……

第 六 日

拥有你的那一刻，

永恒便失去了意义……

佐菲娅踮着脚走到窗前，吕卡还睡着。她拉开窗帘欣赏着清晨的景色，十一月的阳光不再强烈，却依然穿过薄雾温暖着大地万物。佐菲娅转过身来，凝视着不停伸着懒腰的吕卡。

　　"你睡着了吗？"他问道。

　　佐菲娅用睡衣裹紧身体，将头靠在了玻璃窗上："我为你叫了一份早餐，侍者很快就会来敲门了，我去准备一下。"

　　"有必要那么着急吗？"吕卡握住佐菲娅的手腕，将她拉到自己身边。

　　佐菲娅坐在窗边，伸手抚摩着吕卡的头发。

　　"你知道什么叫'上帝的礼物'吗？"她问道。

　　"有点印象，我应该在什么地方看到过。"吕卡抚摩着自己的额头回答道。

　　"我不想就这样放弃。"

"佐菲娅，地狱的力量正在四处搜索我们，我们无处可逃，到此为止吧。只有一天的时间了，让我们好好享受这最后的时光。"

"不，我不会向他们低头的，我不愿做一颗任人摆布的棋子。我要采取出乎他们意料的行动，就算有再多的艰难险阻，我们总会找到一条出路。"

"你所说的出路只能是一个奇迹，我可不太相信……"

"但我相信！"佐菲娅说着站起身为送来早餐的侍者开门。她在记账单上签了名，关上门，将活动餐桌推到了卧室。

"我想要做的一点也不符合天使的身份，我的同事们不会理解的。"她说着往咖啡杯里倒满了水，将麦片放进热水里，又加上三小袋糖。

"你真的不要加奶吗？"吕卡问道。

"不，谢谢，加了奶就太稠了。"

佐菲娅透过窗户眺望着远处的城市，怒火在她的心中燃烧："我不愿意对着这房间里的四面墙，跟自己说他们将剥夺我们永远在一起的权利，这会让我发疯的。"

"很高兴你终于能面对现实了，佐菲娅！"

吕卡站起身来，走进浴室，让浴室的门半开着。佐菲娅推开餐桌，在小客厅若有所思地来回踱步，接着又回到卧室，平躺在床上。床头柜上的《圣经》引起了她的注意，她蓦地跳了起来。

"我想到了一个地方！"她对吕卡喊道。

吕卡从门缝里探出头来，脸颊周围散发着热腾腾的水汽。

"我也认识不少地方！"

"我没和你开玩笑，吕卡！"

"我也是认真的。"吕卡故意和佐菲娅抬杠，"你能说得详细些吗？这么站着，我的半边身子是热的，另半边是冷的，卧室和浴室的温差太大了。"

"在这地球上还有一个地方，上帝能在那儿听我们为自己辩护。"

突如其来的希望让佐菲娅显得不安而脆弱，吕卡开始担心起来。

"这个地方在哪里？"他认真地问道。

"真正的世界之巅，在神圣的西奈山①上，所有宗教信仰和平共处，相互尊重。我敢肯定，只要站在这座山的顶峰，我还能和我的上帝对话，也许他会听见我的声音。"

吕卡瞥了一眼挂钟说道："你去打听航班时间，我穿好衣服就来。"

佐菲娅冲到电话机前，拨通了航空公司的咨询号码，自动留言机回应说接线员很快就会回答她的问题。佐菲娅焦急地望着窗外，一只海鸥展翅飞过天空。她咬掉了自己的几个手指甲，还是没有人来接电话。吕卡走过来，从背后搂住她，轻声说道："至少要飞行十五小时，再加上十小时的时差……等到那儿的时候，我们还来不及在机场告别，他们就会将我们分开了。已经晚了，佐菲娅，世界之巅离这儿太远了。"

---

① 《圣经》中记载的上帝授摩西十诫之处。——译注

佐菲娅放下电话，转过身来，凝视着吕卡的眼睛，两人第一次紧紧地拥吻在了一起。

⌒⌒⌒

那只掠过佐菲娅窗前的海鸥飞向了北方，在栏杆上停歇了下来。玛蒂尔德拿起病房中的电话，在佐菲娅的手机上留了言，然后挂上了话机。

⌒⌒⌒

佐菲娅挣脱了吕卡的怀抱。

"我有办法了！"她说道。

"你还是不肯放弃？"

"放弃希望吗？绝不！我的使命就是带来希望。你赶快准备，相信我！"

"我一直都相信你！"

十分钟后，两人来到了酒店的停车场，佐菲娅意识到他们需要一辆汽车。

"要什么车？"吕卡看着停车场里的无数辆汽车，轻松地问道。

在佐菲娅的坚持下，他们终于决定"借用"一辆最普通的小车，重新驶上 101 高速公路，朝北开去。吕卡想要知道他们究竟要去哪儿，而佐菲娅只顾低着头在她的挎包里寻找手机，对吕卡的提问不予回答。佐菲娅拿出手机，她还来不及拨通皮勒葛警探的电话，通知他不必再来接他们，语音信息铃声就响了起来。佐菲娅拿起手机，语音信箱里传来了一段录音："是我，玛蒂尔德，我想告诉你不必为我担心。我把医生折腾了一上午，终于让他们答应了在中午之前就放我出去。我给芒卡打了电话，他会来接我回家，他还答应每天晚上给我送晚餐，直到我身体痊愈……也许我会让他继续照顾我一阵子……汉娜的病情没有起色，她一直昏睡着，医生不允许我探望她。佐菲娅，有些话情人之间说得出口，而作为朋友却难以启齿。好吧，对我而言，你不仅是白天的阳光和夜晚的知己，你曾是我的朋友，也将永远是我最好的朋友。不管你去哪里，一路走好。我已经开始想念你了。"

佐菲娅的手指用力地按下电源键，关掉了手机，将它丢进了挎包。

"你往市中心开。"

"你想把我带到哪儿去？"吕卡问道。

"去跨美大厦，蒙哥马利街上的那座金字塔形的建筑。"

吕卡踩下了紧急刹车："你究竟想干什么？"

"既然飞机航班指望不上了，天使的通道总还是敞开着的，开车吧！"

老旧的克莱斯勒车重新轰鸣上路，车厢内的两人一言不发。吕卡驾车离开了 101 高速公路，拐上了第三大道。

"今天是星期五吗？"佐菲娅突然忧心忡忡地问道。

"说得没错。"时间的流逝令吕卡感到惋惜而又无奈。

"现在几点了？"

"是你坚持要一辆最普通的车，你没发现这辆破车连时钟都没有吗？现在是中午十二点差二十分。"

"请你掉头去一趟医院，我必须遵守诺言。"

小车拐上了加利福尼亚大街，十分钟以后，他们来到了旧金山纪念医院的住院部，佐菲娅让吕卡将车停在了儿科病房前。

"跟我来吧！"佐菲娅说着关上了车门。

吕卡尾随着她穿过大厅，走到电梯门前时，他停下了脚步。佐菲娅握住了他的手，拉着他走进了电梯，电梯缓缓升向了七楼。

孩子们正在走廊上玩耍，佐菲娅一眼就从他们中间认出了小托马斯。看到佐菲娅，孩子的脸上立刻绽放出了微笑。佐菲娅温柔地招招手，朝他走去。突然，佐菲娅发现了伫立在孩子身边的天使，她惊呆了，紧紧攥住了吕卡的手。托马斯握着加布里埃尔的手，朝走廊尽头走去，他的目光却一直没有离开佐菲娅。在那道正对着深秋树木萧瑟的公园的大门前，孩子最后一次转过身来，张开自己的小手，在掌心深深地印上一个吻，吹向了佐菲娅。在微笑中，托马斯垂下了眼帘，如同这个清新的早晨一般消失在正午苍白无力的阳光中，心痛让佐菲娅闭上了双眼。

"走吧！"吕卡拉着佐菲娅走出了那条令她伤心的走廊。

两人驾车离开了医院，佐菲娅感到了无法抑制的悲伤。

"你曾经说过在某些日子里，整个世界都让我们感到绝望，"她哀叹道，"今天就是这样一个日子。"

他们不再说话，小车穿越了整个市区。吕卡没有走一条近路，恰恰相反，他选择了去目的地最远的路线。他将车开到海边停下来，陪伴着佐菲娅在浪花汹涌的沙滩上散了一会儿步。

一小时以后，他们来到了跨美大厦楼下，佐菲娅开着车在这个街区兜了三圈，还是没能找到一个停车位。

"我们应该不必为偷来的汽车支付罚款吧，"吕卡抬头望天，无可奈何地说道，"随便找个地方停车吧！"

佐菲娅将小车停在了人行道边上送货车的专用停车位上，朝着大厦东边的入口走去，吕卡紧随其后。当墙面上那道暗门豁然敞开的时候，吕卡不禁向后退缩了一步。

"你确信这么做能行吗？"他不安地问道。

"不。跟我来！"

他们穿过走廊，来到了天使情报局的大厅，坐在监视台后的皮埃尔一看到他们便站起身来。

"你竟然把他带到这儿来了，胆量可真不小啊！"皮埃尔愠怒地对佐菲娅说道。

"我需要你的帮助，皮埃尔。"

"你知道所有人都在找你吗？这儿的每一个警卫都在注意着你们

的行踪，你究竟做了什么，佐菲娅？"

"我没有时间向你解释了。"

"在这儿我还是第一次见到有人这么心急火燎的。"

"除了你，没人能帮我了。我必须赶到西奈山去，给我从耶路撒冷通往那里的钥匙。"

皮埃尔抚摩着自己的下巴，举棋不定地望着吕卡和佐菲娅。"你的要求我无法办到，这将让我永远得不到宽恕。"他一边说一边朝大厅的另一头走去，"不过，在我去通知警卫的时候，你完全有可能自己找到你想要的东西。注意钥匙柜中间的抽屉！"

皮埃尔离开了他的岗位，佐菲娅赶紧绕到监视台后，打开抽屉，选了一把钥匙，拖着吕卡来到通道前。她将钥匙插了进去，墙上的暗门立刻打开了。

这时，从她身后传来了皮埃尔的声音："佐菲娅，这是一条不归路，你知道自己在做什么吗？"

"感谢你为我所做的一切，皮埃尔。"

皮埃尔对佐菲娅颔首示意，随即拉下了挂在一条长长的绳索尽头的球形把手，格雷斯大教堂的钟声敲响了。吕卡和佐菲娅刚刚钻进那条狭窄的通道，天使情报局大厅的所有入口就都被封闭了。

几分钟后，两人从一道栅栏的缺口处走了出来，眼前是一片空旷的平地。狭小的街道上洒满了阳光，一幢幢三四层楼高的房屋的墙面显露出风吹雨打的痕迹。吕卡环顾四周，神情忧虑。佐菲娅拦住了第一个从她身边经过的路人问道："您听得懂我的语言吗？"

"我看上去有那么蠢吗？"被惹恼了的男人头也不回地走远了。

佐菲娅没有放弃，走向了一个正准备穿越街道的行人："对不起，我想去……"

还没等她说完，那人已经走向了街对面的人行道。

"这个神圣之城的居民真是热情好客啊！"吕卡不无嘲讽地说道。

佐菲娅并没有理会他的评论，她喊住了第三位行人。那个男人披着一身黑袍，显然是位教士。

"神父，"佐菲娅问道，"您能指点我去西奈山的路吗？"

教士把佐菲娅从头到脚打量一番，耸耸肩走远了。吕卡靠在路灯杆上，拱着手微笑着。佐菲娅转过身，对朝她走来的一位女士说道："太太，我想知道去西奈山怎么走。"

"您的玩笑并不精彩，小姐。"女人说着也走开了。

佐菲娅只好走到了一家小店铺前，店老板一边整理着橱窗，一边和送货员闲聊着。

"日安，请问你们当中有谁知道去西奈山该怎么走？"

熟食店前的两人面面相觑，对佐菲娅的问询不予理睬，继续着他们之间的谈话。佐菲娅只好从街对面走了回来，一辆汽车呼啸着从她身边驶过，差点将她撞倒。

"这些人真可爱！"吕卡低声说道。

佐菲娅好不容易站稳了身子，她再也抑制不住心中的怒气，一把拎起了熟食店柜台下的小空箱，沿着小路跑向十字路口，将箱子放在路中央，站上去双手叉腰大声喊道："大家能给我一分钟时间吗？我有一个非常重要的问题！"

街道上的人们都停住了脚步，所有目光转向了佐菲娅。有五个排成一列从街上经过的犹太教教士走向佐菲娅，异口同声地说道："不管是什么问题，我们都能给你一个答案。"

"我有急事，要赶去西奈山。"

五位教士在佐菲娅身边围成一圈，不时伸手比画，交头接耳地讨论了许久，谁也不能确定该让佐菲娅往哪个方向走。此时，一个身材矮小的男人从他们中间挤了进来，对佐菲娅说道："跟我走吧，我有汽车，我送您去。"

小个子男人说完就向一辆停在几米以外的破旧的福特车走去，吕卡终于离开了那根路灯杆，站直身体，向佐菲娅走来。

"抓紧时间！"小个子男人为他们打开车门，催促道，"既然有急事，我们立刻出发。"

吕卡和佐菲娅坐在后座上，汽车颠簸着启动了。吕卡看看车厢，皱起眉头，俯身在佐菲娅耳边说道："我看我们最好还是躺下来，就快到目的地了，再被他们发现就太愚蠢了！"

佐菲娅不想和他争论，吕卡弯下了腰，佐菲娅将头枕在他的膝盖上。司机从后视镜里瞥了两人一眼，吕卡回给他一个微笑。

汽车全速前进，吓得路边的行人赶紧躲闪。半小时以后，小车在一个十字路口停了下来。

"你们要去西奈山，我就把你们送到西奈山！"司机转过头，兴高采烈地说道。

佐菲娅坐直了身子，惊奇地问道："这就到了吗？我以为还远着呢。"

"事实上近得很！"司机一边回答，一边向佐菲娅伸出了手。

"您这是什么意思？"

"什么意思？"司机提高了嗓门，"从布鲁克林到迈迪森大街1470号，车费二十美元，这就是我的意思！"

佐菲娅眨巴着眼睛朝车窗外望去，曼哈顿西奈山医院的大楼屹然耸立在她面前。

吕卡无奈地叹了一口气："我很难过，不知该说些什么。"他付了车费，拽着一言不发的佐菲娅下了车。佐菲娅跟跟跄跄地走到公交车候车亭的长凳上坐了下来，目光呆滞，一言不发。

"你拿错了钥匙，所以我们来到了纽约市小耶路撒冷的西奈山医院。"吕卡说道。他在佐菲娅面前蹲下身子，将她的手握在自己手中："佐菲娅，听天由命吧……几千年以来，西奈山上的神灵都没能左右这个世界，你真的相信我们能在这七天时间里改变命运？到明天中午，我们就要面临分离了，不要浪费剩下的每一分钟时间。我熟悉这座城市，我会让今天成为我们永恒的记忆。"

他搀扶着佐菲娅站起来，两人踏上了第五大道，朝中央公园的方向走去。

吕卡将佐菲娅带到了中央公园附近的一家小饭店，在这个季节里，公园里寥无人迹，他们在那儿吃了一顿丰盛的午餐。两人逛遍了苏豪街区所有的店铺，换了十几套新装，每次都把前一次刚买的衣物送给了街道上无家可归的流浪汉。下午五点的时候，佐菲娅想要在雨中散步。吕卡带她来到了地下停车场的台阶，让她站在通道中间，然后点燃打火机对准了自动灭火喷水口。两人手牵手走上了台阶，尽情地享受着这场独一无二的"人工降雨"。消防车的警笛声从远处传来，他们飞奔着逃离了停车场，就像一对不愿为他们的恶作剧承担后果的顽童。两人在一架大型抽风机前吹干了身上的衣服，接着又走进了一家电影院。电影的结局对他们来说并不重要，他们只关心剧情的开端，他们在七个放映厅中来回穿梭，手中捧着的爆米花竟然一粒都没有洒落。从影院出来的时候，夜色已经笼罩了联合广场。两人坐上出租车，来到第五十七大街，走进一家灯火通明的商场，吕卡为自己选了一件黑色礼服，佐菲娅则看上了一套漂亮的时装。

"信用卡的账单要到月底才结算。"吕卡对盯着一袭皮草披肩犹豫不决的佐菲娅说道。

两人回到第五大道，进入了中央公园边一家高级旅馆顶楼的餐厅，选一张可以俯瞰美丽夜景的餐桌坐了下来。他们尝遍了佐菲娅从没有吃过的佳肴，而她似乎对各种甜点分外钟情。

"今天吃的东西要到后天才会让你发胖。"她一边说一边又要了一份巧克力蛋奶酥。

晚上十一点，他们走进了中央公园，清新的空气和柔和的灯光让公园沉浸在一片祥和的气氛中。两人沿着林中小径漫步，在树下的一张长椅上坐下来。吕卡脱下上衣，将它披在佐菲娅肩上。佐菲娅凝视着跨越小溪两岸的白色石拱桥说道："在我想带你去的那座城市中矗立着一道巨大的石墙，人们将自己的心愿写在字条上，插进石缝中，任何人都没有权利将字条取走。"

一位流浪汉从小径那头走来，向佐菲娅和吕卡点头示意，黑暗的桥洞随即吞没了他的身影。两人许久都不说话，抬头仰望天空，一轮满月将银光泼洒在他们身上。他们的手交织在了一起，吕卡低头亲吻佐菲娅的掌心，品味着她的体香，喃喃地说道："拥有你的那一刻，永恒便失去了意义。"

在静谧的夜色中，佐菲娅紧紧地依偎着吕卡，吕卡将她搂入怀中，温柔地爱抚着她……

❧

朱尔来到医院，径直走向了电梯。没人注意到他的出现，只要他们愿意，天使监察员可以让自己隐形……他按下了通向五楼的按钮，值班室的护士完全没有发现那个在黑暗的走廊中前进的身影。朱尔在一间病房前停下脚步，整理了一下他的花呢长裤，轻轻敲了敲门，踮着脚走进了病房。

朱尔走向汉娜的病床，掀起床帘，坐在床边。他认出了挂在衣帽架上的那件花呢上衣，感动的眼泪模糊了他的双眼。他伸手抚摩着汉娜的脸颊。"我是多么想念你，"朱尔俯身在汉娜耳边低语道，"离开你的十年太久了。"

朱尔俯身亲吻着汉娜的嘴唇，心电监护仪屏幕上的一条直线宣告了汉娜·萨兰登生命的终结。

汉娜的灵魂脱离了她的躯壳，紧握着朱尔的手，飞向了天国……

꩜

午夜十二点，中央公园，佐菲娅靠在吕卡的肩膀上睡着了……
曾经有一个夜晚，曾经有一个清晨……

第 七 日

从今往后，我只要闭上眼睛就能看到你，
屏住呼吸就能闻到你的味道，迎着风儿就能感受到你的呼吸。

温柔的晨风掠过了中央公园，佐菲娅的手臂从长椅靠背上滑落了下来，清早的寒意使她禁不住颤抖起来。在蒙眬的睡意中，佐菲娅竖起衣领裹住脖子，蜷缩着双腿贴住自己的身体。晨曦穿过了她紧闭的眼帘，将她从梦中唤醒。不远处的大树上传来了鸟鸣声，佐菲娅转过身，认出了这就是那只时常飞来栖息在她附近、不一会儿又振翅飞去的海鸥。她舒展了一下身体，伸出手在长椅上摸索着吕卡的腿，却什么都没找到。她睁开双眼，发现自己已是孤单一人。

佐菲娅立刻呼唤起吕卡的名字，无人回应，于是她站起身来，环顾四周。公园的小径上寥无人迹，晶莹的露水还在小草的怀抱里继续着它们的美梦。

"吕卡？吕卡？吕卡？"佐菲娅的呼喊一声比一声焦急，失去吕卡的念头让她觉得自己脆弱不堪。她不停地转动身体，高呼着吕卡的名字，直到累得头晕目眩。微风听见了她的叫声，撩动树叶发出哗哗的响声，仿佛是对她的回应。

佐菲娅心急如焚地走到小桥上，寒冷潮湿的空气让她全身发抖，在白色石头的缝隙里，她发现了吕卡留下的一封信：

佐菲娅：

我凝视着熟睡中的你，上帝知道你是如此美丽。这最后的一个夜晚，你在我怀中辗转反侧，簌簌颤抖。我搂紧了你，将我的大衣盖在你的身上。多么希望在以后所有冬季里，我都能这样为你抵御寒冷。你的面容安详平静，我抚摩着你的脸颊，第一次感受到了悲哀与幸福交织的滋味。

我们之间的一切就要结束了，但这段回忆将陪伴我到永远。和你在一起度过的时光快乐而充实，只可惜还有无数个心愿未能实现。

太阳升起的时候，我就要出发了。我会一步一步地离你而去，每一秒钟都在怀念着你，直到最后一刻。我会消失在那棵大树背后，去地狱接受最严厉的惩罚。我的放弃意味着你的胜利，不管你犯了什么错，他们都会原谅你。回去吧，我的爱，回到你的家中，那才是你该去的地方。我多么希望能在你的家中呼吸着略带咸味的海风，透过窗户看到太阳从我以前不曾见过的地平线上升起，但我知道这一切只属于你。你完成了不可能完成的使命，是你改变了我的生命，但愿你的身体能成为我灵魂的归宿，让我透过你的双眼看到那个光明的世界。

从此以后，你到哪里，我就在哪里。你的手放在我的手上，我们十指紧扣，就像同一只手。你闭上了眼睛，我就进入了梦乡。

不要悲伤，没有人能夺去我们的记忆。从今往后，我只要闭上眼睛就能看到你，屏住呼吸就能闻到你的味道，迎着风儿就能感受到你的呼吸。听好了，无论我在哪里，我都会聆听你银铃般的笑声，感受你眼眸中的笑意，怀念你清脆的声音。知道你在这个世界的某一个角落，我在地狱中也就找到了天堂。

你就是上帝给我的礼物。

我爱你。

吕卡

佐菲娅将信纸紧紧攥在手中，蜷缩着身子躺在厚厚的落叶上。她抬起头，仰望着阴霾的天空，伸出双臂，声嘶力竭地呼喊着吕卡的名字，尖厉的叫声在寂静的公园中久久回响，整个世界似乎也为之停止了转动。

"为什么你要弃我而去？"精疲力竭的佐菲娅喃喃地问道。

"事情还没有那么糟！"米歇尔的声音从桥洞下传来。

"教父，是你吗？"

"你为什么哭泣，佐菲娅？"

"我需要你的帮助。"佐菲娅说着向米歇尔奔去。

"我就是来找你的,佐菲娅,现在就跟我回去吧,已经结束了。"

米歇尔向佐菲娅伸出手,但她却向后退了一步:"我不回去。那儿已经不再是我的天堂。"

米歇尔走过来,将她搂在怀中:"你想要放弃上帝所赐予你的一切吗?"

"如果心是空的,给我一颗心又有什么用,教父?"

米歇尔面对着佐菲娅,将双手放在她的肩上,仔细地打量着爱徒,露出了同情的微笑:"你究竟做了什么,佐菲娅?"

佐菲娅凝视着教父的眼睛,悲伤地咬住了自己的嘴唇,鼓起勇气回答道:"我爱过了。"

米歇尔渐渐远去了,在阳光的照耀下,他的面容越来越模糊。

"帮帮我!"佐菲娅哀求道。

"这个结合是……"教父的声音也越来越微弱。

米歇尔的身影消失了,佐菲娅再也听不见他的声音。

"……神圣的。"佐菲娅走上了公园的小径,自言自语地说道。

◈

米歇尔迈出电梯,匆匆忙忙地对接待小姐打了一个招呼,便大步流星地跨进走廊,敲敲办公室的门,迫不及待地走了进去:"奥斯顿,我们碰到了一个大麻烦！"

办公室的门在米歇尔身后合上了。

几分钟以后，"先生"雷鸣般的吼声震得天使情报局的墙壁都仿佛颤抖了起来。不一会儿，米歇尔从那间宽敞的办公室里走了出来，笑眯眯地和与他擦肩而过的每一个人打着招呼，告诉他们一切顺利，大家可以安心地回到自己的岗位上去。然后，他走到了接待小姐的办公桌边，神色紧张地凝视着窗外。

"先生"愤怒的眼光注视着办公室一端的隔墙，他打开右边的抽屉，拉出秘密隔层，握紧拳头击中了按钮，隔墙上的移门缓缓地滑动起来，门后露出了"总统"的办公室。两张会议桌仿佛合并成了一张，两人各自占据一端，面对面地端坐着。

"有什么事要我帮忙吗？""总统"并没有停止手中的扑克游戏。

"我难以想象你竟然敢这么做！"

"我做了什么？"撒旦低声说道。

"你竟敢作弊！"

"是我先作弊的吗？""总统"傲慢地反诘道。

"你竟然企图谋杀我们的使者？你做事难道没有分寸吗？"

"这个世界真是颠倒了，居然还有这样闻所未闻的事情。"撒旦用嘲讽的语气说道，"是你第一个作弊的，我的老兄！"

"我作弊了吗？"

"当然！"

"我又是怎样作弊的？"

"别跟我装出一副无辜的样子！"

"可我究竟做了什么？"上帝问道。

"你又动用了老伎俩！"撒旦回答说。

"什么伎俩？"

"人类的情爱！"

上帝咳嗽了几声，抚摩着自己的下巴，打量着他的对手："你立刻停止对他们两人的追杀！"

"如果我不愿意呢？"

"我就跟你没完！"

"是吗？那就试试看吧，我觉得这很有意思。你认为律师们会站在哪一边呢？""总统"说着摁下了抽屉中的按钮。

移门慢慢地合拢，门快要关到一半的时候，上帝深深地吸了一口气，撒旦听到他的喊声从另一端传来："我们要做祖父了！"

移门立刻停止了滑动，撒旦探出头来望着上帝，万分惊讶地问道："你刚才说什么？"

"你听得很清楚！"

"男孩还是女孩？"撒旦不安地轻声问道。

"我还没决定呢。"

撒旦立刻从座位上站起身来："等一下，我就过来！这一回我们要好好地谈谈了！"

"总统"在办公室里转了一圈，终于穿过了移门，走到会议桌的另一端，在"先生"身边坐了下来，两人的谈话一直持续到夜幕降临……

　　于是，有一个清晨……

永 恒

这一切纯属偶然……

和煦的清风吹拂着中央公园，金黄色的树叶在风中回旋飞舞，飘飘扬扬地落在小径边的长椅上。上帝和撒旦坐在椅背上，望着从远处走来的吕卡和佐菲娅。吕卡牵着佐菲娅的手，另一只手推着一架双人童车，两人从上帝和撒旦身边经过，却没有发现他们。

　　撒旦感慨地叹了一口气："不管你怎么想，在两个孩子当中，还是那个小女孩长得更可爱些。"

　　上帝转过身，用揶揄的口吻说道："你不是说过我们不谈论孩子的吗？"

　　两人同时站起来，肩并肩地漫步在小路上。

　　"好吧，"撒旦说道，"一个绝对完美或者罪恶的世界都会令人生厌，忘了这些吧！不过，现在只有我们俩，你可以跟我说实话了吧！你是从第四天还是第五天开始作弊的？"

　　"为什么你老觉得是我捣的鬼呢？"上帝将手搭在撒旦肩上，微笑着说道，"这一切纯属偶然！"

（全书完）

您可以在以下网站搜寻到所有关于马克·李维的消息
www.marclevy.info

图书在版编目（CIP）数据

七日永恒/（法）马克·李维（Marc Levy）著；俞
佳乐译．— 长沙：湖南文艺出版社，2018.7
ISBN 978-7-5404-8599-3

Ⅰ．①七… Ⅱ．①马… ②俞… Ⅲ．①长篇小说—法
国—现代 Ⅳ．① I565.45

中国版本图书馆 CIP 数据核字（2018）第 051005 号

著作权合同登记号：18-2018-050

上架建议：畅销·外国文学

QI RI YONGHENG
七日永恒

作　　者：［法］马克·李维（Marc Levy）
译　　者：俞佳乐
出 版 人：曾赛丰
责任编辑：薛　健　刘诗哲
监　　制：蔡明菲　邢越超
策划编辑：马冬冬　文雅茜
特约编辑：尹　晶
版权支持：辛　艳
营销支持：张锦涵　傅婷婷
版式设计：梁秋晨
封面设计：利　锐
出版发行：湖南文艺出版社
　　　　　（长沙市雨花区东二环一段 508 号　邮编：410014）
网　　址：www.hnwy.net
印　　刷：天津宇达印务有限公司
经　　销：新华书店
开　　本：880mm × 1230mm　1/32
字　　数：200 千字
印　　张：8
版　　次：2018 年 7 月第 1 版
印　　次：2018 年 7 月第 1 次印刷
书　　号：ISBN 978-7-5404-8599-3
定　　价：46.80 元

若有质量问题，请致电质量监督电话：010-59096394
团购电话：010-59320018